KB019478

오늘부터 식물을 키웁니다

나의 하루를 싱그럽게 만들어주는
그리너리 라이프
오늘부터 식물을 키웁니다

초판 1쇄 인쇄 2019년 3월 11일
초판 1쇄 발행 2019년 3월 18일

지은이 김현경

책임편집 김소영
홍보기획 문수정
디자인 신묘정

펴낸이 최현준·김소영
펴낸곳 빌리버튼
출판등록 제 2016-000166호
주소 서울시 마포구 양화로 15안길 3 201호(윤현빌딩)
전화 02-338-9271 | **팩스** 02-338-9272
메일 contents@billybutton.co.kr

ISBN 979-11-88545-50-6 03810
ⓒ 김현경, 2019, Printed in Korea

이 도서의 국립중앙도서관 출판예정도서목록(CIP)은 서지정보유통지원시스템 홈페이지(http://seoji.nl.go.kr)와
국가자료공동목록시스템(http://www.nl.go.kr/kolisnet)에서 이용하실 수 있습니다.(CIP제어번호:CIP2019008388)

오늘부터 식물을 키웁니다

**나의 하루를
싱그럽게 만들어주는
그리너리 라이프**

김현경
지음

빌리버튼 billybutton

월간지 소속 에디터였을 땐 매달 무수히 많은 브랜드 론칭 행사에 참석했다. 행사장에 가면 홍보 담당자에게 설명을 듣고 해당 제품을 직접 써보는 시간을 갖는다. 행사장을 나설 땐 그 제품의 샘플과 보도 자료도 받는다. 이외에 선물도 받았는데 난감할 때가 더러 있었다. 화장품 업계의 경우, 자연 성분에 대한 관심이 높아지고 환경 보호를 슬로건으로 내건 브랜드가 늘면서 선물도 그와 비슷한 맥락의 아이템이 많아졌다. 예를 들어 장미 추출 성분을 함유한 제품일 때는 장미 한 송이를, 화분으로 재활용할 수 있는 패키지가 특징일 때는 허브 모종을 주는 식이다. 선물을 정하기까지 담당자가 밤낮으로 자료를 조사하고 수많은 관계자들이 의사 결정에 참여했을 것이다. 이 작은 선물도 브랜드 정체성의 연장선이라는 것을 알기에 고맙게 받지만 난감하다. '하아, 식물 같은 건 갖고 다니면 걸리적거리는데.' 행사장을 나서는 동시에 그 선물을 내 손에서 떼어낼 궁리에 돌입한다. '깜박한 것처럼 카페에 두고 올까?', '선물을 가장해 친구한테 줄까?' 별의별 방법이 떠올랐지만 소심해서 실행은 못했다. 나에게 식물은 받는 순간부터 '어떻게 처리해야 할지'를 고민하게 만드는 애물단지일 뿐이었다.

프리랜서로 일하면서 요리 잡지의 센터피스(Center Piece, 분위기를 돋보이게 하기 위해 식탁 중앙에 놓는 장식물) 칼럼을 담당한 적이 있다. 다이닝 테이블에 어울리는 센터피스를 직접 만들어보자는 취지였다. 취재는 플로리스트가 센터피스를 만드는 과정과 완성된 모습을 촬영하고 과정에 맞는 설명을 들으면 됐다. 간단하지만 문제는 완성된 센터피스. 이걸 처리하는 건 담당 에디터인 나의 몫이었다. 센터피스 자체는 아름답지만 내가 가져가야 하는 상황이 되니 짐처럼 느껴졌다. 다육식물로 만든 센터피스, 라임과 레몬 등을 활용한 센터피스, 단호박으로 만든 핼러윈데이 센터피스 등… 다양한 해외 사례에서 격하게 영감을 받아 의욕이 넘쳤던 탓에 소품도 많고 무거웠다.

초반에는 편집장님께 선물로 드렸다. 하지만 진심을 담기는커녕 책임을 떠넘기는 것 같아 괜스레 마음에 걸렸다. 안 주느니만 못한 것 같아 결국엔 내가 가져왔다. 집에 와서는 들고 오느라 애쓴 게 아까워 페트병에 물을 담아 잘 꽂아두었다. 하지만 이러한 마음은 금세 무뎌졌다. 며칠이 지나자 산 넘어 산처럼 문제가 생겼다. 물을 규칙적으로 갈아주지 않았더니 꽃이 금방 물렀고 물도 점점 탁해졌다. 비릿하고 쿰쿰한 냄새까지 났다. 그걸 볼 때마다 '오늘은 꼭 치워야.'라는 생각이 들었지만 그때뿐이었다. 차일 피일 미루니 방학 숙제를 미뤘을 때처럼 찝찝했다. 결국, 벌레가 꼬이기 시작했다. 더 방치했다간 내 방이 벌레 천지가 될 것 같은 불길한 예감에 부랴부랴 처리했다. 물론 손에 묻을까 비닐장갑을 끼고서. 후련했다. 한편으로는 씁쓸했다.

'촬영할 땐 세상의 모든 아름다움을 독차지한 것 같더니만 시간이 지나니 보기 흉해지고, 결국 버려지는 처지라니. 이래서 식물은 별로라니까!'

그렇다. 나에게 식물은 귀찮은 대상이었다. 손에 들어오면 무슨 수를 써서라도 버리려고 했다. 어쩔 수 없이 집에 가져오면 그대로 몇 날 며칠을 방치했다. 신경을 조금 쓴다면 빈 그릇에 물을 담아 꽂아두는 정도였다.

웨딩 트렌드 칼럼 건으로 플로리스트와 인터뷰를 한 적이 있었다. 미리 질문지를 공유한 덕분에 인터뷰는 빨리 끝났다. 시간이 남아 이런저런 이야기를 나누던 중 그녀는 "에디터님도 마감 끝나면 꽃꽂이하러 오세요."라고 말했다. "일 때문에 스트레스 받는 수강생이 많은데 다들 수업 듣고 기분 전환이 됐다고 하시더라고요."라고도 덧붙였다. 꽃집 운영자로서 으레 할 수 있는 인사말이겠지만 그 말에 어떠한 대답도 못했다. "생각해볼게요."라는 대답조차도 할 수 없었다. 지키지 못할 말은 하지 않는 성격이기도 하지만 그보다도 나에게 꽃은 생각해볼 여지도 없는 관심권 밖이었기 때문이다. 인테리어 분야에서 그리너리 라이프가 한창 유행일 때, 플랜테리어 관련 칼럼을 쓰고 화보를 찍은 적이 있다. 그때도 수개월 동안 식물에 파묻혀 살았는데도 취재를 통해 알게 된 팁을 우리 집에 적용해봐야겠다는 생각은

들지 않았다.

그런데 정말 신기한 일이다. 처리 대상이었던 식물이 지금은 가장 관심 가는 대상이 되었으니 말이다. 어느 날 갑자기 식물에 애정이 생기고 키우기 시작했다. 지나가는 길에서나 카페에서나 식물이 있으면 이름을 찾아본다. 그러면 호기심이 발동해 기르는 방법부터 어디에서 구입할 수 있는지 검색하고 집 안 어디에 두면 좋을지를 상상한다. 여기서 끝이 아니다. 식물이 시야에 없어야 마음이 편했던 과거와 달리 지금은 없으면 허전하다. 하루 24시간을 함께 보내며 시도 때도 없이 들여다봐도 재미있다. 식물이 없는 곳은 인테리어가 근사하고 음식 맛과 서비스가 좋아도 정이 가지 않는다. 취향이라는 게 바뀔 수 있다지만 이렇게 180도 변할 줄이야. 나도 모르는 사이에 식물의 매력에 서서히 물들다 어느새 푹 빠져버린 걸까?

차
례

프롤로그 초록, 이 멋진 색이 내 삶의 일상이 된다면 004 *

우리 아직은 낯가림하는 사이
— 친하게 지내볼래?

식물이 원래 이렇게 예뻤나? 015 * 들일까, 말까? 022 * 제 이상형 아니, 현실형 식물은요 030 * 안녕, 극락조화! 038 * 널 뭐라고 불러야 좋을까? 045 * 이제 좀 사람 사는 집 같네! 051 * 물만 먹어도 살 수 있어 부럽다 057 * 우리, 산책할까? 063 * 그땐 그랬지 070 *

좀 친해지고 자신감도 얻은 시기
— 식구를 늘려볼까?

우리 애가 잘 자라고 있나요? 079 * 아침이 기다려질 줄이야! 084 * 새 식구 추가요! 091 * 떠나자, 다육이의 세계로! 098 * 동고동락하며 돈독해진 우리 108 * 넌 이름이 뭐니? 114 * 액자 대신 식물을 걸어요 120 * 엄마 생각이 나서 128 * 장바구니에 추가되었습니다 134 * 사진 좀 찍는 사람들 사이에서는 식물이 필수라던데? 142 *

예상치 못한 상황에 좌절
— 내 마음과 네 마음이 같지 않을 때

그때 그때 달라요 151 * 대파를 심어보자 157 * 내 마음과 네 마음이 같지 않을 때 163 * 오래 함께하고 싶었는데 168 * 손이 덜 간다는 것에 대하여 174 * 넌 정말 알 수 없구나 180 * 내려놓으면 더 잘 살 수 있을까? 185 * 너의 속도를 존중하지 못해서 미안해 191 * 좋은 말로 할 때 잘해줄 걸 197 * 근사하지 않아도 훌륭해 202 *

식물과 성장하는 중
— 믿고 기다리며 책임질게

나 자신, 오늘도 수고 많았다 211 * 꽃의 세계에 발을 들이다 217 * 트리만으론 2퍼센트 부족해! 224 * 꽃과 더 오래 함께하고 싶어서 229 * 여행 중에도 온통 네 생각뿐 234 * 부케를 이제야 알았어요 240 * 너희들이 있어 계절이 반가워 246 * 공기를 깨끗하게 해준다고? 253 * 내 새끼들 잘 있었어? 258 * 식물에 대해서는 신중해지려고 해 263 *

우리 아직은 낯가림하는 사이

친하게 지내볼래?

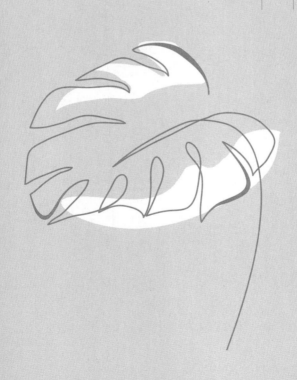

1

식물이 원래 이렇게 예뻤나?

대학 4학년 2학기 말에 잡지사에 어시스턴트로 취직
했다. 옆에는 격주간지 팀이 있었고 거기에도 내 또래의
어시스턴트가 있었다. 소속된 팀은 달랐지만 자리가 가
까워 자연스럽게 친해졌고 그곳을 떠나 각자의 길을 걸
으면서도 종종 연락하며 안부를 확인하곤 했다. 그때 그
어시스턴트가 신논현역 근처에 꽃집을 열었다. 잡지사
를 관두고 영국에서 꽃을 배워서 자신만의 공간을 차렸
단다. 잡지사에 있을 때도 야무지게 일을 잘해 선배들

사이에 칭찬이 자자했기에 기대되면서도 한편으로는 준비 과정 중에 마음 고생했던 일들이 떠올라 걱정도 됐다. 이런저런 감정이 뒤섞인 채로 가게에 방문했다.

"이야!" 감정 표현을 속으로 하는 편인데 감탄사가 절로 나왔다. '예뻐해주세요'라는 꽃집 이름에 걸맞게 예뻐하지 않고는 못 버틸 만큼 사랑스럽게 꾸몄다. 꽃집이라 하면 연상되는 ─ 꽃으로 빼곡하고 어두침침한 ─ 분위기와는 확실히 달랐다. 전면 유리창으로 한낮의 따스한 해가 들어와 실내는 온기가 가득했다. 꽃집이 아니라 카페에 온 것처럼 여유가 느껴졌다. 내부를 둘러보면서 곳곳에 배치된 화분에 눈길이 갔다. 소파 옆, 화장실 근처, 창문 앞 등 그냥 두기엔 허전하지만 섣불리 소품을 뒀다간 답답해 보일 수 있는 위치에 적절한 크기와 모양의 식물을 배치한 것. 덕분에 가게는 눈길 가는 곳마다 생기가 돈다.

'식물에 이런 매력이 있었나?'

매장을 또 한 번 둘러보았다. 인테리어 레퍼런스에서, 렌털 스튜디오에서 한 번쯤 봤던 식물들이다. 반가웠다. 돌아다니면서 보이는 식물마다 이름을 물었다.

"드, 드라… 뭐라고요?"

소파 옆에 뾰족한 잎이 분수처럼 난 드라세나 드라코였다. 식물에 전혀 관심이 없었던 터라 한 번에 알아듣지 못했다. 한국어인데도 생소한 이름들이었다. 그녀는 이제 막 말을 시작한 아이에게 사물의 이름을 가르쳐주는 엄마처럼 한 자 한 자 천천히 알려주었다. 덕분에 간신히 이름은 파악했다.

예상치 못했던 식물 탐험을 마치고 이야기를 나눴다. 준비하면서 힘들었던 일, 앞으로 진행할 클래스에 대한 고민 등 꽃집 운영에 관련된 것부터 요즘 어떻게 지내는지까지… 대화 소재가 꼬리에 꼬리를 물었다. 그러면서도 내 눈은 가게를 채운 식물에 고정되어 있었다. 급기야 대화 중에 "이 식물은 어떻게 길러요? 까다롭지는 않아요?", "비료도 줘야 돼요?"라고 묻기까지 했다. 갑자기 식물에 대한 궁금증이 폭발했다. 그녀는 그런 내 질문에 귀찮은 내색 하나 없이 앞서 이름을 알려줄 때처럼 식물 하나하나를 가리키며 기르는 법과 주의할 점을 설명해주었다. 무던한 생김새와 달리 예민한 식물도 있었고 까칠해 보이는데 의외로 둔한 식물도 있었다. 가게에 있는 거의 모든 식물을 소개해준 다음에야 원래 하던 대화로 돌아왔다. 그런데도 식물에 대해 더 알고 싶어졌다.

이런저런 이야기를 나누다 보니 벌써 집에 갈 시간이 됐다. 전날 밤, 오픈 축하도 하고 기분 전환도 할 겸 가게에서 무언가를 사야겠다고 생각했던 게 떠올랐다. 지체 없이 식물로 마음이 기울었다. 실내에서 잘 자라고 기르기 쉬운 식물을 추천해달라고 했다. 그녀는 꽃집에 와서 식물 타령만 한 내 모습을 보고 어느 정도 예상했는지 바로 "극락조화가 좋을 것 같아요."라고 대답했다.

'극락조화? 아, 화보 찍으러 간 렌털 스튜디오에서 봤다며 반가워한 그 식물!'

추천 이유도 물어봤다. 까다롭지 않아서 식물 초보도 기르기 쉽고 실내에서도 잘 자란단다. 설명을 듣고 다시 극락조화 앞에 서서 모습을 살펴봤다. 지금 막 정식으로 소개 받았는데도 정감이 갔다. '바로 데려가야지!'라고 마음이 동했다가 '아니야, 너무 충동적이야.'라며 스스로 브레이크를 걸었다. 보기에 좋은 것과 직접 기르는 것은 별개의 문제. 화장품 매장의 환한 조명에 속아 색깔 고운 립스틱을 샀다가 집에 와서 실망했던 일도 떠올랐다. 게다가 충동 구매로 성공한 적이 단 한 번도 없었다. 새로운 무언가를 살 때면 엄청 오래 고민하는데 지금은 그 반의 반의 반도 안 되는 시간에 구매 결정을 내렸다. 성급하다.

주의 사항을 다시 확인했다. 물을 필요 이상으로 많이 주지만 않으면 된다고 했다. 보통 7~10일마다 화분

흙이 충분히 젖을 정도로 주지만 날씨나 식물의 성장 상태에 따라 그 주기가 유동적으로 바뀔 수 있단다. 흙 속으로 손가락을 꾹 찔러 넣었을 때 흙이 묻어나지 않으면, 즉 말라 있으면 물을 준다. 햇볕도 웬만한 아파트라면 문제 되지 않을 거라고 했다. 벌레도 거의 없다고 했다. '들으면 들을수록 마음에 쏙 들잖아? 바로 데려올까?'라고 구입을 부추기는 자아와 '그래도 생각을 더 해보자. 조막만 한 다육식물이면 몰라도 이렇게 큰 식물을 집에 들이는 건 아직까지 생각해본 적이 없잖아.'라고 구입을 재고하라는 자아가 계속 충돌했다. 결국 후자가 이겼다. 아무런 준비 없이 데려왔다가 애물단지로 전락해버릴 수 있고 급기야 죽을 수도 있기 때문이다. 개업 축하 선물이 쓰레기가 되면 추천한 그녀도 속상할 것 같다.

나도 모르게 얼굴에 이러한 갈등이 드러났는지 그녀는 "좀 더 생각해보고 결정해도 돼요."라며 안심시켜주었다.

"그럼, 이틀만 더 고민해볼게요. 극락조화 대신 작은 화분을 살 수도 있으니까 그때 괜찮은 걸로 추천해주세요. 곧 연락할게요!"

2

들일까, 말까?

집에 돌아오는 차 안에서 그동안 화보 촬영 참고용으로 스크랩해둔 플랜테리어 기사를 봤다. 당시에는 별 감흥이 없던 사진들인데 지금은 좀 달랐다. '우리 집도 이렇게 꾸미고 싶다'는 생각이 들 만큼 예뻤다. 물론 촬영을 위해 전문가가 특별히 신경 써서 연출한 것도 한몫했겠지만.

집에 도착했다. 잠들기 전까지 식물에 관해서는 더 이상 생각하지도, 어떤 자료도 찾지 않기로 했다. 꽃집에서의 분위기에 취한 채로 생각을 이어가다 보면 이성적으로 판단하기 어려울 것 같아서였다.

내일 객관적으로 다시 생각해보자.

날이 밝았다. 오전에 재빨리 업무를 마치고 오후에 식물에 대한 고민을 제대로 해보기로 했다. 식물 사는 게 뭐 대수라고 몇 날 며칠을 고민하나 싶을 수도 있다. 하지만 타당한 근거 없이 구매 결정을 내려서 후회하는 것도, 책임지지 못할 일을 벌이는 것도 싫다. 일어나지 않았으면 하는 일이 일어나는 걸 막으려면 번거로워도 충분히 생각해야 한다. 갑자기 머릿속이 복잡해졌다. 식물을 들일지, 말지에 대한 생각들이 뒤죽박죽이 됐기 때문이다.

다행히도 나에겐 이렇게 무언가를 할지, 말지 망설일 때 쓰는 방법이 있다. 그 일의 장점과 단점을 메모하는 것이다. 종이를 세로로 반 나눈 후 왼쪽에는 장점을, 오른쪽에는 단점을 적고 나서 장·단점의 개수를 비교해 본다. 만약 개수가 같다면 각 장·단점의 내용까지 분석해본다. 과학 실험으로 치면 전자는 정량 분석, 후자는 정성 분석에 해당될 것이다. 적는 항목은 시간이 경과해도 지금의 장점이 유지되는지 또는 단점은 개선될 수 있는지, 장점으로 인해 희생하거나 불편해지는 것은 없는지 등 그 일로 인해서 생길 수 있는 거의 모든 상황을 포함한다. 이 방법에 믿음이 생긴 건 결혼 준비를 하면서 커피 머신을 구입할 때였다. 구입 시 장점은 풍미가 좋은 커피를 마실 수 있다는 것, 단점은 관리가 귀찮다는 것, 조리대 공간이 부족하다는 것. 장점과 단점의 차이가 1개뿐이라 그 내용까지 고려했다. 커피 맛이라면 지금 먹고 있는 인스턴트 아메리카노도 나쁘지 않다. 유일한 장점인 '맛' 관련 항목이 상쇄됐다. 커피 머신을 살 이유가 없어졌다. 그래서 사지 않았고, 지금도 후회는 없다.

이번에도 종이를 꺼냈다. 반을 나누고 왼쪽에는 식물

을 들여야 하는 이유, 오른쪽에는 들이지 말아야 하는 이유를 적었다. 식물을 들여야 하는 이유는 '예쁘다', '집에 변화가 필요하다', '적적하다', 들이지 말아야 하는 이유는 '식물을 키워본 경험이 없다', '덤벙댄다', '살림살이를 늘리고 싶지 않다'라고 적었다. 절묘하게도 개수가 같다. 하나씩 찬찬히 분석해봐야겠다. 다만, 이 과정에서 식물은 생명체이기 때문에 꾸준한 관리가 필요하고 기본적인 의식주 외의 분야이므로 주관적인 견해를 완전히 배제해선 안 된다. 기능적인 측면에 중점을 두고 객관성으로 판단했던 커피 머신 때와 성격이 조금 다르다.

  '예쁘다'는 건 식물의 생김새에 관한 내용이다. 집에 가는 길에도 꽃집에서 봤던 식물 사진을 계속 봤고 이제 그만 생각해야겠다고 마음 먹은 후에도 그 모습이 머릿속을 떠나지 않았다. 하룻밤 자고 나면 수그러들 법도 한데 오늘도 아침에 눈 뜨자마자 식물 키우기에 대한 내용부터 찾아봤다. 납득이 가는 이유다. '집에 변화가 필요하다'는 건 블랙, 화이트, 그레이뿐인, 포장해서 말하면 심플하고, 솔직히 말하면 밋밋한 인테리어에 대한 싫증에서 비롯된 이유다. 처음에는 단정해서 좋았는데 1년 가까이 살아보니 조금씩 질리기 시작했다. 색다른 컬러감을 띠고 있어 집 안에 포인트가 될 소품을 찾는 중이었다. 조잡하지 않고 기존 인테리어와 조화를 이루며 너무 튀지 않으면 좋겠는데 식물은 이 조건을 모두 충족시킨다. '적적하다'는 것도 비슷한 맥락이다. 작업실을 따로 두지 않고 집에서 일하는 탓에 외부 일정이 없으면 집 밖을 나가지 않는 날도 더러 있다. 그만큼 집에서 보내는 시간이 긴데 집 안에 생명체가 나뿐이라는 사실이 마음을 허전하게 만든다. 꽃집에서 느낀 식물의 생명력을 통해 이러한 마음을 달랠 수 있다는 걸 깨달았다. 너무 주관적이라서 적지는 않았지만 식물을 본 이후, 적극적으로 변한 태도도 무시할 수 없다. 소심해서 일할 때를 제외한 일상에서는 궁금한 게 있어도 남에게 물어보지 못하고 혼자 책이나 인터넷을 찾아본다. 하지만 식물을 처음 본 그날은 꽃집 주인에게 질문을 마구 쏟아냈다. 식물에 대한 호기심이 타고난 성격을 이긴 셈이다. 이상 식물을 들여야 하는 이유였다.

그 다음, 식물을 들이지 말아야 하는 이유를 봤다. '식물을 키워본 경험이 없다'는 건 객관적인 사실이다. 그래서 식물 키우는 요령이 없고 서툴다. 그렇다고 해서 식물을 기르면 죽일 확률이 더 높은 걸까? 아니다. 오히려 아직 경험치가 없기 때문에 식물을 죽일 확률과 잘 키울 확률 모두 50퍼센트, 반반이다. 지금껏 해왔던 작업들을 떠올려보면 이전과 똑같은 건 없었다. 일이 아니면 전혀 몰랐을 내용도 상당했다. 그렇다면 결과물은? 꽤 괜찮았다. 식물을 기르는 일이 전에 없던 경험을 쌓게 해줄 기회가 될 수도 있다. 그리고 그 결과도 괜찮을 수 있다. 이 단점은 장점으로 발전할 수 있다. '덤벙댄다'는 건 '나'라는 사람을 형성하는 다양한 성격 중의 하나다. 하지만 꼼꼼해야 하는 상황에서는 엄청 꼼꼼하니 이 단점이 크게 문제 될 것 같진 않다. '살림살이를 늘리고 싶지 않다'는 건 혼수 용품을 살 때 지켰던 나름의 인테리어 원칙이다. 미니멀 인테리어를 염두에 둔 건데 막상 살아보니 그걸 고수하는 게 쉽지 않다. 원래 용도를 세분하여 물건을 다양하게 구입하고 그 많은 걸 눈에 보이는 자리에 늘어놓던 사람이 하루아침에 미니멀리스트가 되려니 곤혹스러웠다. 구입 습관을 고치는 것은 포기한 지 오래다. 살림살이를 늘어놓지 않고 수납장에 전부 넣어두는 습관을 몸에 익히는 것도 여간 귀찮은 일이 아니었다. 전에는 팔만 뻗으면 원하는 물건을 손에 넣을 수 있었는데 쓸 때마다 수납장에서 꺼내 쓰고 다시 넣으려니 귀찮았다. 심지어 이게 성가셔서 물건이 필요해도 쓰지 않고 버틴 적도 있었다. 그래서 초반에는 '반드시'였다면 지금은 '되도록이면' 안 보이게 정리하는 쪽으로 노선을 변경했다. 그런데 생각해보니 이건 식물을 들이는 것과 직접적인 관련이 없다. 이상 식물을 들이지 말아야 하는 이유였다.

식물을 들여야 하는 이유 세 개는 확고한 반면 들이

지 말아야 하는 이유 세 개는 그렇지 않다. 단점의 첫 번째 이유는 장점으로 발전할 가능성이 있고, 두 번째 와 세 번째는 식물과 직접적인 관련이 없다. 나름대로 는 객관성을 유지하면서 판단했지만 어쩌면 이미 나도 모르는 사이에 극락조화를 구입하는 쪽으로 마음이 기 울어서 좋은 건 '더 좋게', 안 좋은 건 '좋아질 거야'라 는 무의식이 작용하여 편파적으로 판정했을 수도 있다. 하지만 '얼마나 좋으면 그럴까' 싶어 식물을 들이기로 결정했다. 곧바로 그녀에게 연락했다.

"식물, 기르기로 했어요. 꽃집으로 갈게요."

3
제 이상형 아니, 현실형 식물은요

꽃집에 방문하기까지 이틀 정도 여유가 있어서 그동안 나에게 적합한 식물을 다시 정리해보기로 했다. 보기에만 예쁜 이상형이 아닌 기르는 데 도움이 되는 현실적인 조건을 따져보기 위해서다. 아무리 매력적인 이상형이라도 지금 내 옆에서 나를 챙겨주는 현실 남친을 능가할 수 없다. 게다가 식물은 사물이 아닌 생명체이고 생명체를 집에 들인다는 건 막중한 책임이 뒤따르는 일이다. 손이 많이 가고 예민하면 기르는 즐거움보다 관리하는 스트레스가 더 클 수밖에 없다. 그렇게 되면 식물에 정을 붙이기도 어렵다. 더욱이 식물을 길러본 적이 없는 생초보인 나에게는 이런 점이 정말 중요하다. 현실과 이상의 괴리에서 발버둥치다 식물을 죽이고 싶지 않다.

지난번 꽃집에서 들은 설명들을 떠올려봤다. 그날 한꺼번에 생소한 내용을 너무 많이 들은 탓에 정리가 필요했다. 다시 종이를 꺼내 적었다. 현실형 식물 조건의 최우선 순위는 '기르기 쉬울 것'. 식물 기르기를 망설였던 가장 큰 이유는 경험이 없다는 점이었다. 식물에 물 주는 법 같은 아주 기본적인 지식조차 없다. 그래서 기본만 지켜도 잘 자라면 좋겠다. 그 밑에는 세부 조건들을 적었다. '손이 많이 가지 않을 것', '예민하지 않은 것', '물만 줘도 잘 자라는 것', '벌레가 적은 것'. 적어놓고 보니 같은 말을 다르게 표현한 문장들이다. 가지치기를 자주 해야 하거나 분갈이 주기가 짧은 식물이라면 손이 너무 많이 가고 번거로울 것 같다. 또한 작업에 따라 하루 종일 집 안에 있기도 하지만 아침 일찍 집을 나가서 다음 날 새벽에 들어오는 날도 적지 않다. 남편은 아침 8시에 출근해서 저녁 7시에 퇴근하고 마감 때는 자정 넘어서 퇴근한다. 돌보는 사람 없이 식물 혼자 집에 있어야 하는 시간이 너무 길 수도 있다. 햇볕이나 온도, 환기 등에 예민한 식물이라면 시간에 따라 변하는 환경에 맞게 자리를 옮겨주어야 하는데 그럴 수 없다. '물만 줘도 잘 자라는 것'도 비슷한 맥락이다. 몸에 좋다는 보양식을 먹이면서도 부서질까 봐 애태우는 비실비실한 자식보다는 삼시 세끼 밥만 먹어도 건강한 자식이 부모 걱정을 덜 시키는 것처럼 식물 초보를 노심초사하게 만들지 않는, 물만 먹어도 잘 자라는 식물이면 좋겠다. '벌레가 적은 것'은 초등학생 때, 교실에서 기른 봉숭아 화분에서 자라던 진드기를 보고 생긴 벌레에 대한 두려움에서 비롯된 조건이다. 진드기가 나를 해치거나 직접적인 피해를 준 적도 없고 생김새가 징그럽지 않았는데도 싫다. 이미 식물을 기르는 사람이라면 식물의 건강을 위해 진드기나 벌레가 없기를 바라겠지만 아직 식물의 입장에서 생각하기엔 내 코가 석자다. 자료를 찾아보니 생육 환경을 잘 갖춰준다면 벌레는 생기지 않는다고 하니 이건 내가 어떻게 하느냐에 달렸다. 아, 여기에 그녀에게 당부하고 싶은 말도 추가했다. 전문가가 아닌 식물 '생'초보의 입장에서 추천 바람.

어떤 식물을 만나게 될지 기대감에 가득 부푼 채 꽃집에 도착했다.

"어떤 식물이 좋을까요?"

"우선 가방부터 내려놓고 천천히 얘기해요."

평소라면 그동안 어떻게 지냈는지 안부 인사 겸 대화를 했을 텐데 마음이 급했다. 평정심을 되찾고 어제 종이에 적어둔 현실형 식물 조건을 말했다. 엄살을 보태 식물 '생'초보의 눈으로 추천해달라는 당부도 잊지 않았다. 그러고 보니 지난번에도 했던 말이다. 같은 말을 질리도록 반복했는데도 매번 잘 들어준 그녀에게 살짝 미안하다.

그녀는 이번에도 극락조화를 추천했다. 지난번에 내가 마음에 들어했던 식물이다.

"예민하지 않아서 특별한 관리 없이 물만 줘도 알아서 잘크니까 식물 초보도 어렵지 않게 키울 수 있을 거예요."

명쾌하다. 벌써부터 잘 키울 것 같은 자신감이 솟구친다. 이미 머릿속에서는 잎이 무성하게 나고 키도 쑥쑥 큰 극락조화의 모습이 그려진다. 그녀는 꽃집에 있던 여러 극락조화 중 데려올 때부터 특별히 애정을 갖고 관리한 극락조화를 골라줬다.

'드디어 나도 식물을 기르는구나!'

그런데 한가지 예상하지 못한 상황이 생겼다. 극락조화 자체의 키와 흙 무게 때문에 내가 들고 가기엔 무리였던 것. 대중교통은 고사하고 택시에 싣는 것도 불가능했다. 바로 집에 데려가고 싶었지만 현실의 벽에 부딪혀 다음날 퀵서비스로 받기로 했다. 오늘, 어쩌면 세상에서 가장 긴 하루가 될 것만 같다.

⚘ 식물 초보도 기르기 쉬운 작은 식물

테이블 야자

멕시코, 과테말라 출신 식물로, 뾰족한 잎이 촘촘히 난 모습이 매력적이다. 생명력이 강하고 새로운 이파리가 나는 모습이 잘 보여서 식물 초보에게 용기를 북돋워준다.

아글라오네마

영화 〈레옹〉에서 주인공이 품고 다닌 화분으로 유명한 식물로, 화려한 이파리가 눈을 사로잡는다. 잘 죽지 않으며 종에 따라 핑크색, 레드 등 다양한 색감이 섞여 있는 것이 특징이다.

스파티필름

스파티필름은 종종 하얀 꽃이 펴서 기르는 보람
을 선사한다. 화분을 옮기지 않고 기본적인 생육
환경만 갖춰줘도 잘 자라며 벌레도 꼬이지 않아
식물 초보도 부담 없이 기를 수 있다.

4
안녕, 극락조화!

저녁 식사 준비 중에 극락조화가 집에 도착했다. 배달 기사님은 화분을 현관에 놓고 가셨다. 화분의 가로 세로는 각각 한 뼘, 높이는 종아리 정도로 크지 않았다. 현관에서 거실까지 멀지 않아서 직접 옮기려고 들었는데 '웬걸?' 보기보다 무거웠다. 어설프게 시도했다간 다칠 수도 있을 것 같다. 그대로 두고 남편이 올 때까지 기다리기로 했다. 극락조화가 오면 바로 거실로 옮기고 인사하는 게 내가 생각한 이상적인 환영식인데 마음이 편치 않았다. 불 꺼진 어두컴컴한 현관에 홀로 남겨진 극락조화를 보니 남의 땅에 빌붙어 있는 것처럼 보였다.

'어서 빨리 저 아이를 거실에 옮기고 싶다. 남편아, 빨리 와라!'

다시 식사를 준비하려는데 갑자기 조급해졌다. 남편에게 연락했다. 평소에는 곧장 집으로 오던 사람이 마침 오늘, 안경점에 들르겠단다. 그래 봤자 5분, 길어야 10분 늦는 건데도 안달이 났다. "삐삐삐삑" 문이 열렸다. 남편이 왔다. 결혼한 이후 가장 빠른 속도로 현관으로 내달렸다.

"이 화분, 거실로 옮겨줘!"

남편은 얼굴을 보자마자 화분부터 옮겨달라는 말에

당황한 기색이었다. 하지만 신경 쓸 겨를이 없었다. 어서 빨리 극락조화를 옮겨야 내 마음도, 현관 구석에서 눈칫밥 먹던 극락조화도 편안해질 것 같았다. 앞장서서 거실로 향했다. 그리고 TV장 옆 빈 공간을 검지로 가리켰다.

"여기야, 여기!"

드디어, 극락조화가 제자리에 안착했다. 그제야 정식으로 인사했다.

"와, 반갑다! 우리, 잘 지내보자!"

극락조화를 찬찬히 살폈다. 사진으로 봤을 때보다 예뻤다. 특히 넓적하게 생긴 이파리가 마음에 들었다. 잎이 종잇장처럼 평평하지만은 않고 전체적으로 곡선을 그리며 사선 방향으로 위를 향했는데 그 선이 아주 멋지다. 집에 부피감 있거나 곡선 형태의 소품이 없었는데 그 부족한 부분을 채워줬다. 덕분에 실내 분위기가 한결 부드러워진 기분이다.

식사를 하면서도 극락조화에서 눈을 뗄 수 없었다. 계속 보니 올곧은 줄기에서는 강인한 생명력마저 느껴졌다. 하늘을 향해 쑥쑥 커가겠다는 열망으로 해석돼 앞으로 얼마나 더 자랄까 기대감도 생겼다. 좀 더 찬찬히 구석구석 보고 싶었다. 식사를 재빨리 마치고 극락조화 앞에 털썩 앉아 관찰을 시작했다.

잎은 총 6개, 3개씩 좌우로 나누어져 있다. 맨 아랫줄, 가운뎃줄 잎은 왼쪽에 난 잎들이 오른쪽에 난 잎들보다 위로 자리잡고 있는데 맨 윗줄에 난 잎은 오른쪽 잎이 왼쪽 잎보다 위에 있다. 자세히 보니 잎이 난 방향도 각도가 저마다 다르다. 전체를 보면 규칙적이지만 요소요소마다 제각각이다. 규칙 안에서도 개성을 잃지 않는 모습이다. 흔히 쓰는 '자연스럽게'라는 말이 바로 이런 걸 가리키나 보다. 극락조화를 계속 관찰하니 만져도 보고 싶었다. 찢어질까 걱정돼 잎을 검지로 살살 쓸어 내렸다. 줄기를 살살 눌러 보니 눈으로 보는 것보다 훨씬 강직하다. 강한 바람에도 끄떡없을 것 같다. 반대로 잎은 여리다. 줄기에 가까운 부분은 탄탄했지만 끄트머리로 갈수록 얇아지고 뾰족하다. 쉽게 찢어질 것 같다. 카페나 꽃집에서 본 극락조화의 잎이 성치 않은 이유를 그제야 알 것 같았다. 하지만 내가 키우는 극락조화는 그 형태를 온전히 지켜주고 싶어졌다. 무의식 중에 잎에 닿지 않게, 예를 들면 지나다니면서 몸에 스치거나 서랍을 여닫을 때 닿지 않도록 극락조화를 TV장 쪽으로 더 붙였다. 이제, 일부러 세게 만지지 않는 이상 안전하다.

'아차!' 그러고 보니 오늘 물을 안 줬다. 사람이든 식물이든 만나면 밥부터 챙기는 게 순서인데 왜 이걸 깜빡했을까. 먼 길 차 타고 오느라 힘들었을 텐데. 반갑다면서도 극락조화의 상태는 헤아리지 못한 채 나의 배고픔부터 챙긴 게 민망했다. 물뿌리개가 없어서 국그릇에 물을 떠서 주었다. 극락조화를 중심으로 원을 그리듯이 한 바퀴 반쯤 빙 둘렀다. 수분 증발을 막기 위해 흙을 덮은 작은 돌들 위로 물이 살짝 차오르더니 이내 흡수됐다. 앞으로는 같은 실수를 하지 않겠다는 각오로 포스트잇에 물 준 날짜를 적어서 붙여두었다. 잘 잊어버리는 성격에 이렇게 하지 않으면 건조한 환경에 강하다는 극락조화라도 말라 죽기 십상이다. 여기에 식물을 기르겠다고 마음먹기까지 했던 고민들이 결코 헛된 일들이 아니었기를 바라는 마음까지 보탰다. 집에 들이고 물까지 주니 비로소 내가 식물을 기른다는 게 실감이 난다. 극락조화와 함께할 날들이 기대된다.

"극락조화야, 우리 앞으로 잘 살아보자!"

♣ 극락조화

소개 : 배의 노처럼 생긴 넓적한 잎과 위로 쭉쭉
뻗은 모양새가 특징.

관리 : 7~10일마다 물을 주고 반그늘에 둔다.

주의 : 잎이 연약해서 상처가 나기 쉬우니 잦은 접
촉을 피하고 과습되지 않도록 조심한다.

5
널 뭐라고 불러야 좋을까?

극락조화를 가족으로 맞아들인 지 일주일쯤 됐다. 꽃집에서 보내준, 핸드폰 화면 한 가득 분량에 달하는 관리법과 주의 사항을 반복해서 읽었고 인터넷에서 크고 작은 정보들을 틈틈이 찾았다. 그러던 중 이름을 불러주는 행동에 대한 기사를 읽게 되었다. 반려동물에게 이름을 붙이고 불러주면 유대감이 형성되는 등 정서적으로 긍정적인 영향을 준다는 내용이었다. 나 역시 화보 촬영을 할 때 스태프들과 비슷한 경험을 한다. 스태프들은 포토그래퍼와 스타일리스트로 에디터인 나는 화보 완성을 위해 협업을 진행한다. 전화상으로 사전 작업을 하지만 얼굴은 당일, 현장에서 보는 경우가 많다. 촬영의 모든 과정은 사람의 손을 거쳐야 해서 체력 소모도 크고 현장 상황도 녹록지 않다. 모두들 쉽게 지치기 마련이다. 이때, 같은 부탁도 듣는 사람의 기분을 상하지 않게 할 노하우가 필요하다. 그래야 끝까지 기분 좋게 촬영을 마무리할 수 있다. 나의 경우는 이렇다. 촬영을 본격적으로 시작하기에 앞서 그들과 급속도로 친해진다. 주로 쓰는 방법은 말의 시작 또는 끝에 빼먹지 않고 호칭을 붙이는 것. "실장님, 이 부분 손봐주세요."와 "저기요. 이 부분 손봐주세요."의 차이는 크다. '실장님'을 붙인 문장에서는 친근감이 느껴지고 상대를 존중한다는 의도를 포함하지만 그렇지 않은 문장은 부탁하는 본래 의도와 달리 명령하는 것처럼 느껴진다. 나의 경우에도 '저기'라고 부르는 스태프보다는 '에디터님'이라고 부르는 스태프를 대할 때 마음이 편하다.

호칭이 이렇게나 중요하다. 무생물인 자동차에도 '붕붕이', '흰둥이'라고 부르는데 하물며 하루 종일 붙어 있는 생명체에게 이름을 붙여주지 않는 건 말이 안 된다.

'어떤 이름이 좋을까?'

'뽕!' 하고 떠오르는 이름이 없어서 우선 식물명인 '극락조화'를 요리조리 변형해봤다. '극락조화에서 앞 두 글자만 떼서 만든 극락이?' "극락아!"라고 불러봤다. 전체를 발음할 땐 몰랐는데 '극락'만 놓고 보니 불순한 느낌이다. 예쁜 외모와 어울리지도 않고 반전 매력도 없다. 게다가 성의 없어 보인다. 할아버지, 할머니가 자신을 부를 때 이름의 마지막 음절만 부른다는 친구의 이야기가 떠올랐다. '지훈이'라면 '훈이'라고 부르는 식이다. 그렇다면 '조이는 어떨까?' "조이야!"

어색하다. 입에 붙지 않는다. 그리고 이유는 모르겠지만 괜스레 오글거린다. 이름이 극락조화의 매력을 온전히 담아내지도 못한다. 다른 이름을 생각해보자. 어릴 적 길렀던 강아지들에게 이름을 지어준 경험이 있어 쉬울 줄 알았는데 어렵다. 그땐 단번에, 그것도 강아지의 성향, 외모와 찰떡 궁합인 이름을 지어줬는데. 곰곰이 생각해보니 앞서 시도해본 극락이나 조이가 어색한 건 평소에 자주 쓰는 단어와 거리가 멀어서 그런 것 같다. 좀 더 친근한 단어를 찾아봐야겠다. 시들지 말고 건강하게 자라길 바라는 의미에서 '초록이'는 어떨까? 전에 나왔던 이름보다 이질감은 적지만 극락조화처럼 세련되고 큼직한 식물보다는 다육식물처럼 올망졸망한 식물에 더 어울릴 법한 이름이다. 이왕 시작했으니 끝장을 보겠다는 생각에 지금까지 살면서 들어본 거의 모든 생명체의 이름을 끄집어내 봤다. 하지만 '바로 이거다!' 싶은 이름은 없었다.

이름 짓기 폭망의 그림자가 드리워질 찰나, 남편에게 연락할 일이 있어 메시지 창을 열었다.

'나왔네. 이거네, 이거!'

핸드폰에 저장된 남편 이름인 '우리 OO'(OO은 남편 이름)이 눈에 들어온 것이다. '우리'에 마음을 빼앗겼다. 극락조화 앞에도 '우리'를 붙여보자. '우리 극락조화'. 개성 넘치는 이름은 아니지만 상대와 나를 하나로 묶어 주는 '우리'라는 단어의 힘 덕분인지 극락조화와 심리적으로 한결 가까워진 기분이다. '우리'라는 단어는 일반적으로 나와 가깝고 정을 나눈 사람에게 붙이지 않나. 가족을 소개할 때도 엄마, 아빠라고 하지 않고 굳이 '우리'라는 단어를 붙여 '우리 엄마', '우리 아빠'라고 부르는 것처럼 말이다.

바로 '우리'를 붙여 말을 걸어보았다.

"우리 극락조화, 목 마르지?"

신기하게도 "오, 어떻게 알았어?"라는 대답이 들리는

것 같다. 앞으로 물을 주거나, 아침에 환기시킬 때처럼 극락조화에게 즐거운 경험을 주는 상황에는 꼭 이름을 부르기로 했다. 강아지를 조련할 때 이름을 부른 후 칭찬하거나 간식을 주는 것 같은 긍정적인 기억을 심어줘야 이름에 적응한다는 데서 착안한 것이다. 이름이 불리면 유쾌한 일이 일어난다는 걸 우리 극락조화도 알면 좋겠다. 그 마음을 바로 확인할 방법이 아직은 뚜렷하지 않지만 시간이 흘러 아프지 않고 쑥쑥 잘 크는 모습으로 보답해줄 것만 같다. 지금껏 이름 없이 지내온 시간을 보상해주고 선물 받은 이름으로 지낼 앞으로의 모든 시간이 좋은 추억이 되길 바라며.

"우리 극락조화, 앞으로 자주 불러줄게!"

6

이제 좀 사람 사는 집 같네!

우리 집, 특히 거실에는 필요한 물건만 있다. 소파, TV, TV장, 셋톱박스, 디퓨저가 전부다. TV장 옆에 서랍장을 배치하는 경우가 많은데 수납 공간이 충분해서 구입하지 않았다. 그래서 극락조화가 오기 전에는 TV장 옆이 1미터 가량 비어있었다. 서랍장을 거실 벽 너비에 딱 맞게 두는 경우가 많아서인지, 비어있는 벽이 허전해 보여서인지 집에 온 손님들은 하나같이 인테리어는 깔끔한데 휑해 보인다고 했다. 심지어 이 집에서 산지 1년이 되었는데도 "아직 이삿짐이 안 들어온 거야?"라는 말까지 들었다. 기분이 나쁘지 않았다. 오히려 장식을 위한 장식품은 지양하고 꼭 필요한 것만으로 집을 채우기로 한 미니멀 인테리어가 통한 것 같아 내심 뿌듯했다. 하지만 아주 가끔 허전할 때가 있었다. 사람이 살아가는 데 꼭 필요한 물건만 두는 것도 좋지만 그렇지 않은 물건들이 주는 풍요로움이 그리운 순간이 있다. 그것이 무엇인지는 몰랐다, 극락조화가 집에 오기 전까지는.

극락조화가 집에 온 첫날, 남편은 "이제 좀 사람 사는 집 같다."라고 말했다.

"그래? 왜? 그전에는 어떤 집이었는데?"

"전에는 그냥 집이었지. 식물이 있으니까 분위기가 확 사네."

플랜테리어는커녕 인테리어에 관심조차 없는 사람이

친하게 지내볼래?

이런 말을 하다니! 더 신기했던 건 극락조화 화분을 둔 거실 사진을 본 엄마도 똑같은 반응을 보였다는 사실.

"집에 활력이 넘치네. 사람 사는 집 같다. 잘 샀네."

초등학교 4학년까지 엄마는 재택근무를 했다. 학교 수업을 마치고 돌아왔을 때, 친구들과 놀고 돌아왔을 때… 집에 오면 엄마가 늘 다정하게 맞아주었다. 나중에 엄마가 출퇴근을 하긴 했지만 그때 나는 학원에 다니느라 저녁 늦은 시간이 되어서야 집에 왔다. 여전히 엄마보다 내가 더 늦게 들어왔기 때문에 항상 엄마가 나를 맞아주었다. 결혼해서 엄마 품을 떠난 지금, 귀가한 나를 맞아주는 사람은 없다. 외부 일정을 주로 오전이나 점심시간 직후에 잡기 때문에 특이한 상황이 아니면 남편보다 내가 먼저 집에 도착한다. 현관문을 열고 소파가 눈에 들어오면 안도감도 잠시, 아무도 없는 빈 집 특유의 뻑뻑한 공기에 금세 압도된다. 외출하는 동안 환기를 안 시켜서 그런 것 같아 창문을 연다. 조금 괜찮아지지만 그것도 그때뿐이다. 기분 탓인가 싶어 별다른 시도는 하지 않은 채 한동안은 무시하며 지냈다.

신기하게도 극락조화를 집에 들이고 나서 이런 기분이 차츰 나아졌다. '어머, 공허함이 감쪽같이 사라졌어!'라고 할 만큼 극적인 건 아니다. 집에 들어와서 눈길 한 번 쓱 주는 걸로 시작해서 "집 잘 지키고 있었어?"라며 한마디 던지고 그 말이 꼬리에 꼬리를 물어 세네 마디 하다 보니 자연스럽게 그렇게 된 것 같다. 극락조화에 새 이파리가 나기 시작했을 때처럼 외형상의 변화가 일어나는 시기에는 밖에 나와 있는 동안 극락조화 생각이 불쑥 불쑥 난다. 새끼손가락만 한 새 이파리가 뾰족 나와 있을 땐 잠시 외출한 사이 얼마나 더 자랐는지 궁금해 현관에서부터 "그동안 얼마나 자랐는지 보자."라며 화분 앞으로 내달린다. 특히, 말려 있던 이파리가 펼쳐지는 시기에는 집에 들어오는 길에서부터 '집에서 나온 지 3시간 정도 지났으니까 아까보다 조금 더 펼쳐져 있겠지?'라는 기분 좋은 상상을 한다. 집을 비운 사이에 갑자기 날씨가 바뀌면 극락조화 생각이 더욱 간절해진다. 정확히는 걱정이 앞선다. 외출할 때 비가 와서 베란다 창을 열고 그 앞으로 옮겨주었는데 얼마 안 가 해가 쨍쨍 내리쬐는 게 아닌가. 그럴 땐 '더위 먹는 거 아니야? 비가 금방 그칠 줄 알았으면 제자리에 가만히 둘걸' 하며 걱정과 후회가 무한대를 그린다. 더운 날 외부 일정이 길어지면 극락조화가 더워할까 봐 노심초사하며 일이 끝나자마자 집으로 곧장 간다.

집에 언제든 나를 기다려주는 존재가 있다는 사실이 정서적인 안정감을 준다는 걸 극락조화를 통해 알게 됐다. 비유하자면 이렇다. 예전에는 외출하고 돌아와서 아무도 없는 집 안 곳곳의 조명을 켜면서 사람 사는 집의 분위기를 인위적으로 만들었다면 지금은 내가 없는 동안 극락조화가 집 안 곳곳에 온기를 불어 넣어주어서 굳이 이렇게 하지 않아도 포근하다. 현관문을 열고 들어서면 극락조화가 나를 환영해주는 듯하다. 덕분에 마음이 안정된다. 밖에서 광고주나 업체 관계자와 의견 조율하느라 진이 빠진 날도 현관문이 열리면서 극락조화가 시야에 들어온 순간, 퍽퍽했던 마음이 몽글몽글 채워지곤 했다. "왔어? 냉장고에 있는 초코바 먹고 기운 내!"라고 위로해주는 듯하다. 영화 〈인사이드 아웃〉 속 본부에 슬픔이, 소심이, 까칠이는 없고 여러 개로 복제된 기쁨이만 가득 채워지면 이런 기분일까. 밖에서 돌아온 나를 맞이해주는 극락조화에게서 어릴 적 나를 맞아주던 엄마가 보인다. 동시에 후회가 밀려온다. 대한민국 고등학생이라면 누구나 치르는 수능 시험이 뭐 그리 대단한 일이라고 엄마한테 신경질을 내고 히스테리를 부렸을까? 나를 반겨주던 엄마의 푸근함을 그때 알았다면 정말 좋았을 텐데. 그랬다면 내가 더 반갑게, 더 다정하게 엄마한테 인사했을 텐데. '사람 사는 집', 나를 진심으로 환영해주는 존재가 있고 정이 넘치는 집을 극락조화가 선물해줬다.

7

물만 먹어도 살 수 있어 부럽다

"너희는 물만 먹어도 살 수 있어 부럽다."

한 예능 프로그램에서 모델 출연자가 식물에게 물을
주면서 했던 말이다. 모델이라는 직업의 특성상 식단
을 혹독하게 관리하는 그녀의 진솔한 심경이 전해지는
장면이었다. 나 역시 스무 살부터 지금까지 체중 관리
를 하고 있는 터라 그 말에 맹렬히 공감했다. 먹어 봤자
내가 아는 맛이지만 아는 맛이 더 무서운 법. 먹고 싶은

음식을 참으면 거기에 정신을 빼앗겨서 일에 집중하기가 힘들다. 참는 데 한계에 도달했던 어느 날은 꿈속에서 그 음식을 쩝쩝대며 먹다가 그 소리에 놀라 잠에서 깨기도 했다.

이력서 맨 마지막 줄에 기록된 직장은 야근이 많았다. 월간지 편집팀의 평균 야근 일수가 일주일에서 열흘 사이인데 그곳은 최소 2주일이었다. 초반에 매체 창간 작업을 할 때는 3주 가까이 됐던 걸로 기억한다. 마감 기간의 퇴근 시간은 새벽 3~4시쯤이다. 저녁 식사를 보통 오후 7시쯤에 하기 때문에 밤 11시에서 12시 사이면 출출해진다. 그때 선배들과 치킨이나 족발 등 야식을 먹으면서 배를 채우는데 새벽 2시쯤 또 한번, 허기가 찾아온다. 이미 한바탕 먹었기 때문에 '배고파 죽겠어!'라고 할 정도는 아니다. 하지만 입에 무언가를 넣고 싶다. 먹다 남은 차가운 야식은 싫다. 새벽 공기도 쐴 겸 편의점으로 향한다. 달달한 초콜릿, 쫄깃한 캐러멜, 부드러운 쿠키 등 간식을 종류별로 한 아름 사와서 책상에 앉아 뜯어 먹는다.

'이제 좀 살 것 같다!'

　이러한 마감 습관을 6개월 가량 이어가다 '더 이상 이러면 안 되겠다' 싶은 사건이 일어났다. 작년까지만 해도 잘 맞았던 치마가 너무 껴서 단추가 안 잠긴 것이다. 평소엔 적당히 먹고 있으니 마감 때 조금만 주의해야겠다고 결심했다. 당장 그달 마감부터 야식을 거의 먹지 않았다. 하지만 3일차부터 무너지기 시작했다. 당이 떨어지니 인내심이 바닥나서 책상 앞에 버티고 있을 힘이 부족했다. 결국 참고 참다 편의점에 왔다. 초콜릿 하나만 골랐다. 그리고 열량은 낮지만 배는 부른 무언가를 찾다가 냉장고 속 물이 눈에 들어왔다. 500밀리리터짜리 물 두 병을 샀다. 10년 넘게 체중 관리하면서 읽은 기사 중 물을 마시면 식욕이 줄어든다는 내용이 떠오른 것도 한몫했다. 자리로 돌아와 물부터 꺼냈다. 배고픈 만큼, 스트레스 받는 만큼 벌컥벌컥 들이키니 금세 2병을 비웠다. 배가 부르니 마음의 평화가 찾아왔다. 게다가 물은 0킬로칼로리라 죄책감으로부터 자유로웠다. 이렇게 물로 배를 채운 지 4일쯤 되자 싫증이 났다. 물에는 맛도, 향도 없으니 당연한 결과였다. 먹는 즐거움이 그리웠다. 그래서 포기했느냐? 아니다. 마테차, 옥수수수염차, 탄산수, 1+1 행사 상품 등 매일 다른 종류의 물을 사 먹었다. 덕분에 직장을 관두는 날까지 그 습관을 지킬 수 있었고 체중도 더 이상 늘지 않았다. 지금도 늦은 오후나 새벽에 출출할 때는 물로 배를 채운다. 남편은 음식이 부족해서 수돗물로 배를 채우는 시대냐며 놀리지만 이건 아무리 먹어도 살이 찌지 않는 사람은 절대로 이해할 수 없는 다이어터의 숙명이다.

나에게는 식욕을 해결하는 용도로 마시는 물이 극락조화에게는 생명 유지에 없어서는 안 되는 식량인 걸 보면 신기하다. 동시에 딱하다. 사람은 생명 활동을 위해 물만으로는 부족해 다양한 영양소를 다량으로 섭취

하는데 식물은 선택의 여지가 없이 무색 무취 무미의 물만 먹어야 하니 말이다. 세상에 맛있는 음식이 얼마나 많은데! 물과 이산화탄소로 광합성해서 산소와 포도당, 물을 만들어내는 화학식을 떠올리면 너무나도 당연하다. 머리로는 이해되지만 마음은 그렇지 않다. 맛있는 음식이 주는 즐거움을 만끽할 수 없는 극락조화가 안쓰럽다. 인간도 물만으로 생명을 유지할 수 있다면 식물처럼 다른 건 먹지 않고 물만 먹을까? 적어도 나의 경우엔 아니다. 물에서도 맛을 느껴야 한다면서 종류별로 물을 마시는 사람이다. 생명 유지와 관련이 없어도 오로지 맛을 보기 위해 음식을 먹었던 지난날을 생각해보면 물만 먹어도 살 수 있다 한들 이미 '맛있는 맛'을 알아버려서 포기할 수 없을 것 같다. 먼 미래에는 캡슐 하나로 생명 유지에 필요한 영양소를 공급받을 수 있어서 더 이상 음식을 먹지 않을 거라는 말을 들은 적이 있다. 만약 내가 그 시대에 산다면 맛과 향이 나거나 톡톡 터지는 등 다양한 방식으로 미각을 자극하는 캡슐을 먹을 것 같다. 입 속 즐거움을 포기하는 건 힘들 테니까.

지금 물을 마시면서 또 다른 생각이 들었다. 사람은 음식을 함께 먹으면서 정도 나누고 한결 가까워진다고 한다. 맛집 탐방을 하고 인증 사진을 찍으면서 추억을 만드는 것처럼 말이다. 그런데 극락조화와는 그럴 수 없다. 게다가 주방에서 요리하면 그 냄새에 시달리기만 할 뿐 정작 맛은 못 본다. 먹는 걸 좋아하는데 그 좋은 걸 공유할 수 없다니! 물만 먹어도 살 수 있어 살찔 걱정이 없는 극락조화가 부러우면서도, 한편으로는 내가 누리는 미식의 즐거움을 함께하지 못해 아쉽다. 먼 미래에 음식을 먹을 수 있는 식물이 등장할 가능성은 없는 걸까?

8
우리, 산책할까?

극락조화를 기른 지 두 달이 넘었지만 아직도 집에 나와 남편 말고 또 다른 생명체가 있다는 게 실감이 나지 않을 때가 있다. 동물처럼 움직이거나 이름을 부르면 소리를 내는 등 반응이 즉각적이지 않아서 그런 것 같다. 강아지와 비교해보면 이해하기 쉽다. 강아지는 아침에 일어나면 몸을 쓰다듬어주며 인사한다. 삼시 세 끼 밥을 챙겨주고 입이 출출해질 때쯤 간식도 준다. 공이나 인형을 던져서 물어 오게 하며 놀아주고 매일 산

책도 시켜준다. 그런데 식물은? 아침에 일어나서 밤 사이에 무슨 변화가 일어났는지 눈으로 확인하는 게 전부다. 물을 주긴 하지만 7~10일에 한 번 꼴이다. 행동에 대한 반응이 즉각적이고 하루에도 챙겨야 할 게 많은 강아지에 비하면 현저하게 적다. 소극적으로 보인다. 밤에 공원으로 산책 나온 강아지들을 보면 '내가 우리 극락조화에게 소홀한 게 아닌가?'라는 죄책감 비슷한 감정이 일어난다.

객관적으로 보면 극락조화를 잘 관리하고 있다. 물도 제때 주고 볕도 필요한 만큼 잘 쬐어준다. 매일 잊지 않고 환기도 해줘서 신선한 공기를 공급한다. 하지만 성에 차지 않는다. 극락조화를 위해 무언가 더 하기로 했다.

#1 말을 더 자주 건다

외출 후 돌아왔을 때나 새 이파리가 나기 시작했을 때

를 빼면 극락조화에게 말을 거의 하지 않는다. 하지만 이제는 말을 좀 더 자주, 많이 하기로 했다. 감각이 발달하기 시작하는 유아에게 소리 나는 그림책을 읽게 하는 것처럼 극락조화의 감각을 자극하기 위해서 그렇다고 그 자극이 극락조화를 아프게 해서도 안 된다. 시각, 청각, 후각, 미각, 촉각 중 청각이 조건에 적합하다고 판단했다.

청각 자극을 쉽고 자연스럽게 하는 방법으로 말을 붙이기로 했다. 나의 경우, 집에서 혼자 일하다 보니 대화 상대가 없다. 전화 업무마저 없는 날에는 아침에 일어나서 남편이 퇴근해 돌아올 때까지 한 마디도 하지 않는다. 나는 일에 열중하느라 음소거 상황에 신경 쓸 겨를이 없다 쳐도 극락조화에게는 낯설 수 있다. 원래대로라면 바람에 나뭇잎이 나부끼는 소리, 새가 지저귀는 소리, 시냇물이 흐르는 소리 등 자연의 소리를 들으며 살았을 운명인데 말없이 일만 하는 사람의 집에서 살게 돼 타닥타닥 키보드 치는 소리만 듣고 있으니 말이다. 극락조화 입장에서 얼마나 삭막할까? 이제는 극락조화와 대화하는 상냥한 보호자가 되어야겠다. "잘 잤어? 어둡지? 커튼 걷어줄게.", "다음에 새 이파리가 날 자리는 어디야?", "이파리에 먼지가 좀 앉았네. 기다려봐, 닦아줄게."

#2 관찰하는 시간을 더 늘린다

냉난방 때문에 여름, 겨울에는 거실에서, 봄, 가을에는 서재에서 일을 한다. 극락조화가 시야에 들어오지 않는 서재에서 일하는 봄과 가을에 극락조화를 관찰하는 시간이 짧을 것 같지만 사실은 그렇지 않다. 관찰이라는 건 특정 대상을 집중하여 보는 행위다. 여름과 겨울에는 극락조화 맞은편 소파에서 일을 하지만 시야에 들어오니 어쩔 수 없이, 내 의지와 상관없이 보게 된다. 노트북 모니터 너머로 '극락조화가 있구나.'라며 존재 여부를 판단하는 정도다. 눈의 구조상 정면을 보고 있어도 측면이 어렴풋이 보이니까. 마찬가지로 노트북 모니터를 보고 있어도 그 너머에 있는 극락조화도 시야에 들어온다. 하지만 보이는 것일 뿐 집중하여 관찰한다 할 순 없다. 결국 극락조화를 관찰하는 시간은 계절에 따른 편차가 없다. 극락조화가 집에 온 첫날 그 앞에 털썩 앉아서 시간 가는 줄 모르고 관찰했던 나, 어디 갔나? 앞으로는 보이니까 보는 게 아니라 일부러 시간을 내서 온전히 극락조화만 관찰하는 시간을 갖기로 마음먹었다. 처음 집에 왔을 때와 달라진 점이 분명 있을 것이다. 심지어 밤 사이에도 미세한 변화가 일어날 수 있다. 잠을 충분히 못 자면 얼굴이 붓는 사람처럼 식물도 간밤의 상황에 따라 외형상의 차이가 눈곱만큼이라도 나타나지 않을까? 지금까지는 그 작은 차이를 알아채지 못했지만 "너 오늘따라 잎에서 광이 많이 나는 것 같다?"라고 인사할 날을 상상해본다.

이건 순전히 한자리에 가만히 못 있고 여기저기 돌아다니는 내 성향에서 비롯된 것이다. 환경의 변화가 적으면 활력도 떨어지고 무얼 하든 처진다. 하지만 식물 입장에서는 바뀐 환경에 적응하는 과정 자체가 스트레스가 될 수 있을 것 같다. 심지어 생명을 위협할 수도 있기에 자주, 극단적으로 옮기지는 않을 생각이다. 바람이 선선하거나 비가 추적추적 내릴 때처럼 극락조화에게도 무리가 가지 않을 법한 날씨에 길어야 1시간 동안 베란다로 옮기는 정도다.

꽃집에 가서 극락조화 이동 계획을 들려주자 앞뒤 좌우에 햇볕을 골고루 받도록 화분을 주기적으로 돌려도 좋다는 팁을 받았다. 햇볕을 한 방향만 받으면 극락조화가 그쪽으로 기울게 돼 균형이 흐트러질 수 있단다. 초등학생 때 빛이 드는 방향으로 식물이 굽어 자라는 성질인 굴광성이라는 걸 배운 것 같은데 이 원리를 20

년이 지난 지금, 극락조화 덕분에 깨우쳤구나!

 아직 식물을 기르는 노하우가 없어서 이러한 방법들이 극락조화에게 긍정적으로 작용할지는 알 수 없다. 그렇다고 해서 어떠한 시도도 하지 않고 데면데면하게 구는 건 옳지 않다. 무엇이든 해봐야 극락조화가 좋아하는지, 아닌지를 알 수 있고 그래야 좋아하는 것만 골라서 할 수 있기 때문이다. 그 반응이 나타나기까지 인내심을 갖고 오랜 시간 지켜봐야 하고 심지어 눈치챌 수 없을 만큼 미미할 수도 있겠지만 그래도 해볼 생각이다. 나에게도, 극락조화에게도 시행착오가 있어야 더 가까워지지 않을까? 가족이 애틋한 건 하루 24시간, 1년 365일 한 집에서 살면서 크고 작은 일을 함께하고 그러한 시간들이 켜켜이 쌓여서일 것이다. 앞으로 펼쳐질 극락조화와의 희로애락을 기대하며 오늘은 어제보다 더 많이 말을 걸고, 더 오래 관찰해야겠다.

9
그땐 그랬지

극락조화를 기르다 보니 스무 살 초반이 떠올랐다. 삼수만은 피하자는 심정으로 내 점수로 갈 수 있는 서울 지역 내 대학교 중에서도 불합격할 확률이 0퍼센트에 가까운 학교의 안전한 학과를 지원한 결과 식물 관련 학과를 다니게 되었다. 적성은 고사하고 학과에서 무얼 배우는지 미리 알아봤을 리 만무했으니 학과 공부에 흥미를 느끼지 못한 건 당연했다. 공부보다는 출석에 의의를 두며 학교에 다녔다.

그러던 어느 날, 신입생을 대상으로 한 워크숍에 참석했다. 졸업한 학과 선배를 초대하여 전공과 관련된 진로 탐색을 위해 어떠한 마음가짐으로 학교 생활을 해야 하는지를 듣는 자리였다.

"여기 보이는 이파리는 어떤 나무의 것일까요?"

아무도 대답하지 못했다.

"갈참나무예요. 얼핏 보면 졸참나무랑 헷갈릴 수 있어요. 3학년 정도 되면 여러분도 저처럼 이파리만 보고도 어떤 나무인지 알 수 있을 거예요."

'오 마이 갓! 그걸 왜 알아야 돼? 그리고 그걸 알 때까지 재미도 없는 걸 얼마나 많이 공부해야 한다는 거야?' 참고로 갈참나무는 참나무과의 나무로 갈참나무, 떡갈나무, 굴참나무 등이 여기에 속하며 그 차이가 꽁

장히 미세해서 자세히 봐야 알 수 있다. 이 선배가 이파리만 보고도 그 나무를 맞춘 것을 동물에 비유하자면 고양이과인 호랑이, 표범, 치타, 재규어를 얼룩무늬만 보고 한 번에 구별한 것과 다름없다. 전공을 살려서 취업하도록 독려하는 본래의 취지와 달리 선배의 설명을 들으며 '이 전공은 나의 길이 아니구나.'라고 뼈저리게 느꼈다. 설상가상으로 아주 미미했던 식물에 대한 우호적인 감정마저도 완전히 증발해버렸다.

그래도 학교에 입학한 지 한 달밖에 되지 않은 처지에 책을 펼치지도 않고 덮어버리는 건 비겁한 행동이었다. 전공 공부 말고 다른 걸 준비하겠다는 계획도 없는 상태였다. 지금 허투루 보낸 시간들을 후회할지도 모르고 공부하다 보면 흥미가 생길 수도 있으니 우선 최대한 노력해보기로 했다. 동기 부여를 위해 성적 장학금을 받겠다는 목표도 설정했다. 하지만 20년 가까이 의식하지 않던 대상을 다른 곳도 아닌 강의실에서 만나니 애정보다는 스트레스가 앞섰다. 나에게 식물은 그저 외워야 할 대상이었다. 중간·기말고사 때는 더 고역이었다. 식물들의 특징과 학명 등은 물론, 광합성, 토양 등 식물의 생리와 관련된 각종 화학식까지, 암기해야 할 것투성이었다. 고등학생 때 화학Ⅱ, 생물Ⅱ를 배웠지만 그때와는 차원이 다르게 복잡했다. 특히 식물의 잎이나 뿌리 등을 글로 쓰는 게 아니라 그림으로 그려야 하는 문제는 난관 그 자체였다. 아무리 봐도 '이거다!' 싶을 정도로 도드라진 특징이 눈에 들어오지 않았기 때문이다. 게다가 이런 곤란한 문제들은 배점이 높아서 하나라도 틀리면 학점에 출혈이 크다. 불안감이 이만저만 아니었다. 식물을 마음이 아닌 머리로만 받아들이려니 식물을 감상하고 즐길 여유가 없었다. 강의실이 아닌 곳에서 식물을 봐도 반갑지 않았다. 집에서 엄마가 기르는 식물들만 봐도 지긋지긋했다. 당시에는 화려한 것에 심취했던 터라 다소 정적인 식물에 애정을 갖기가 더욱 어려웠다. 남보다 길었던 수험 생활에 대해 스스로 보상을 하기라도 하듯 쉴 틈 없이 놀러 다니기에 바빠서 식물을 진득하게 관찰할 상황도 아니었다. 그래도 2년 동안 꾸역꾸역 공부했고 결국 다른 학교로 편입했다.

그랬던 내가 지금은 식물에 애정을 듬뿍 가진 사람으로 변했다. 전부 똑같아 보이는 극락조화 잎도 열심히 관찰해서 그 작은 차이점을 발견해내고 뿌듯해한다. 기억의 저편에 존재하는 전공 지식을 간신히 끄집어내어 극락조화에 대입시켜 보기도 한다. 흙에 심어진 채 아무것도 안 하고 가만히 있는 것처럼 보이지만 지금은 광합성과 호흡을 하고 있고 토양에 있는 뿌리에서는 각종 화학 성분들의 물질 교환이 이루어지고 있다며 머릿속으로 그림을 그린다. 그러고선 나도 모르게 흐뭇한 미소를 짓는다. 세상에 쓸모 없는 경험은 없다는 말이 이럴 때 쓰는 말인가 보다. 당시에는 장학금을 받으려고 머릿속에 욱여 넣었던 지식들이 극락조화를 관상용에서 한 단계 넘어 하나의 유기체로 이해할 수 있도록 견문을 넓혀줬고, 덕분에 즐겁다. 그땐 그 지식이 시험 때만 유효할 줄 알았는데 유익한 반전이다. 지금의 경험이 나중에 언제 어디에서 도움이 될지는 모른다. 오늘 무심코 본 극락조화의 모습이 내일은 조금 달라질 수 있다. 만약 잎이 노랗게 변하고 있다면 어제, 그저께의 모습에서 그 답을 찾아야 하는데, 유심히 보지 않으면 해결하기 어려울 수 있다. 당장 오늘, 내일의 극락조화에게 미안할 일을 만들지 않으려면, 그리고 나날이 성장하는 극락조화의 보호자가 되기 위해서라도 극락조화와의 경험을 소중히 여겨야겠다.

좀 친해지고 자신감도 얻은 시기

식구를 늘려 볼까?

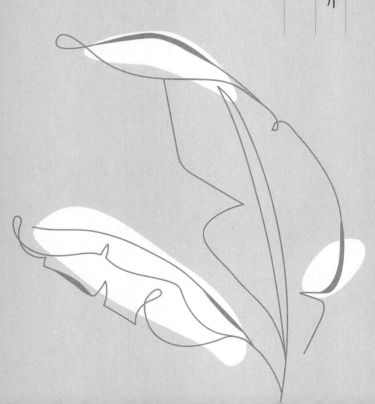

1
우리 애가 잘 자라고 있나요?

극락조화를 기른 지 3개월에 접어들었다. 아직까지 이렇다 할 문제는 없다. 역설적이게도 이 평화로운 상황이 불안하다. 강아지들이 주인 시야에서 벗어난 곳에서 조용히 있다면 그건 100퍼센트 사고 치는 중이라는 말처럼 극락조화가 내가 모르는 사이에 아무런 징후 없이 잘못된 건 아닌가 싶어서다. 나조차도 얌전히 사고 치는 성격이라서 더욱 미심쩍었다. 의심은 한 번 하기 시작하면 멈추지 않는 법. 그때부터였다. 인터넷으로 극락조화를 키우는 사람들의 후기를 샅샅이 찾아보고 각종 자료를 읽기 시작한 게. 매일 극락조화를 보면서 느꼈던 외적인 변화나 궁금증에 대한 답을 찾아 헤맸다. 그 내용들은 잎은 언제쯤이면 더 커지는지, 이파리 위에 앉은 먼지는 닦아도 되는지 등 한없이 사소한 것들. 당시에는 꽤나 심각했다. 답을 찾았는데도 꽃집에 사진을 보내 두 번, 세 번 확인했다. 핸드폰이 뜨거워질 정도로 메시지를 주고받고 나서야 우리 극락조화가 잘 자라고 있다고 확신하게 됐다. 마음이 놓였다.

아이 키우는 엄마의 기분이 이런 걸까. 어렸을 때부터 엄마한테 잔소리는 들어본 기억이 없다. 내가 잘해서가 아니라 엄마가 나를 믿었기 때문이다. 문제집 살 돈이 부족할 때나 급하게 학원 특강비를 내야 할 때도 내가 말만 하면 의심하지 않고 지원해주었다. 특목고 준비를 위해 전문 대비 학원에 다녀야겠다고 말했을 때도 마찬가지였다. 그 당시 엄마가 한 말 중 기억에 남는 건 "학원 갔다 와서 간식 먹을 거야?"였다. 공부하는 자식의 체력이 떨어지는 게 엄마한테는 더 큰 걱정이었나 보다. 결과는 좋지 않았지만 그걸 두고 한 번도 쓴소리를 하지 않았다. 대학교 1학년 말, 편입하겠다고 말했을 때도 "이번에는 후회 없이 잘 해봐."라는 묵직한 격려의 한 마디뿐이었다. 내 의지로 시작했지만 학교를 다니며 편입시험 준비를 하는 건 만만치 않은 일이었고, 2학년 1학기 말에 슬럼프에 빠졌다. 포기 상태나 다름없었다. 밤새 놀다 새벽 늦게 들어오고 해가 중천에 떠야 일어나는 생활이 이어졌다. 방탕의 끝을 달리던 그때도 엄마는 잔소리를 하지 않았다. 얼마 가지 않아 알아서 정신을 차리고 그 생활을 정리했지만 엄마가 나한테 관심이 없는 것 같아 살짝 섭섭하긴 했다. 시간이 흘러 알게 됐다. 엄마가 그때 목표를 앞에 두고 좌절한 나를 꽤 많이 걱정했다는 사실을 말이다. 우연히 언니와 이야기를 하던 중 "엄마가 그때 엄청 걱정했잖아. 그래도 네가 스트레스 받을까 봐 아무 말도 못 했지."라고 알려줘서, 그제야 알았다. 잔소리를 쏟아내면 속 시원했을 텐데 엄마는 당신의 마음 상태보다 자식이 우선이었다. 워낙 무뚝뚝해서 엄마한테 요즘 공부가 잘 되어가는지, 모의고사 점수는 얼마나 되는지 등 미주알고주알 말한 적이 없었으니 오죽 답답했을까. 생각해보면 엄마가 믿어주고 묵묵히 챙겨준 덕분에 넘어져도 다시 일어서는 법을 터득했던 것 같다. 졸업 후, 잡지 에디터가 되겠다고 했을 때도 마찬가지였다. 잦은 야근, 높은 업무 강도에 비해 높지 않은 연봉, 그리 긍정적이지 않은 업계 전망 등 반대할 이유가 수두룩했는데도 "하고 싶은 일 하면서 살아야지!"라며 응원해주었다.

자식에 대한 걱정과 참견을 구분하지 못하는 주위 엄마들과 달리 자식이 선택한 길을 믿어주고 응원해준 엄마 덕분에 지금도 나는 자부심을 갖고 하고 싶은 일을 하며 산다. 엄마의 믿음이 나에게는 큰 힘이다. 어쩌면 극락조화에게도 그러한 믿음이 필요한지 모르겠다. 아무런 변화가 일어나지 않는다고 해서 요란 떠는 자세부터 고쳐야겠다. 지금 당장 눈에 띄는 변화가 없더라도 지금은 다음 단계를 위해 내실을 다지는 중이라고 여기자. 그러면서 관심과 애정은 꾸준히 유지하고 세심하게 보살필 생각이다. 수험생 시절, 온전히 공부에만 집중할 수 있도록 엄마가 집안의 크고 작은 일들을 해결해준 것처럼 극락조화가 오로지 성장하는 데만 온 힘을 쏟을 수 있도록 햇볕, 공기, 물을 비롯한 생육 환경을 부족함 없이 챙겨야겠다. 동시에 지금 잘 하고 있는지 점검 차원에서 주기적으로 관리 상태를 돌아볼 계획이다. 그러면 극락조화도 나의 믿음과 응원을 자양분으로 삼아 성장할 것이다. 그러다 보면 "말하지 않아도 알아요."라는 말처럼 극락조화와 나 사이에 눈에 보이지는 않지만 유대감이 끈끈해져서 돌보고 돌봄을 받는 관계에서 소울 메이트로 발전할 수 있다고 기대해본다.

"우리 극락조화는 보호자의 믿음을 먹으며 잘 자라고 있어요."

2

아침이 기다려질 줄이야!

여느 때처럼 아침에 일어나서 극락조화와 인사를 했다. 그런데 못 보던 게 생겼다. 가운뎃줄 두 이파리 사이로 뾰족한 무언가가 났다. 새끼손톱보다 작은 크기에 색은 옅은 연두색을 띠었다. 꼭 뾰루지처럼 생겼다. 극락조화를 들이기 전, 새싹이 나고 무성해지는 희망찬 미래보다 식물이 걸릴 수 있는 각종 질병 등 최악의 상황에 대한 우려가 컸던 탓에 '우리 극락조화가 병에 걸렸나?'하며 덜컥 겁부터 났다. 잘못 봤나 했는데, 다음

좀 친해지고 자신감도 얻은 시기
식구를 늘려볼까?

날에도 여전히 있었다. 심지어 조금 자란 것 같았다. 불안한 마음에 사진을 찍어 꽃집에 보냈다.

"이거 새 이파리가 나려고 하는 거예요!"

뜻밖의 대답이었다. 문제가 생긴 줄 알고 최악의 상황까지 상상했는데 다행이다. 긴장이 스르르 풀린다. 그리고 가슴이 벅차다. 새 잎이 나기 시작하는 걸 본 적이 없어서 신기하기도 했다. 물 주는 것 말고는 해준 게 없는데 알아서 잘 자라주니 대견했다. 무엇보다도 이렇게 조그마한 잎이 언제쯤이면 다른 이파리처럼 성장할지 궁금했다. 오늘부터 일주일마다 그 모습을 사진으로 남기기로 했다. 이 사진들이 훗날 극락조화와의 소중한 추억이 되리라.

사진을 찍으며 자세히 보니 이파리가 꽁꽁 말려 있는 것 같다. 어릴 적, 도화지로 만든 고깔모자보다 더 뾰족하고 빡빡해서 길쭉했다. 지금 시점에서 관찰되는 모습은 그뿐이다.

　일주일쯤 되니 잎이 새끼손가락 크기만큼 자랐다. 형태와 꽁꽁 말려진 정도는 변함이 없다. 사흘 정도 지나니 키가 훌쩍 컸다. 활짝 핀 잎들 사이에서 존재감도 제법 느껴진다. 언제쯤이면 온전한 잎의 형태를 갖추는지 궁금했다. 인터넷으로 찾아보니 생육 환경과 건강 상태에 따라 차이는 있는데 최소 4주는 걸린단다. 이제 일주일 됐으니까 앞으로 3주 남았다. '월간지 마감하고 나면 활짝 펴있겠네!' 조바심 내지 말자고 마음먹었다. 며칠 더 지나니 키 크는 속도에 가속이 붙었는지 하루가 다르게 쑥쑥 컸다. 덕분에 매일 밤, '내일 아침에는 얼마나 더 커있으려나?' 하는 기대감에 잠든다. 아침이 기다려지다니, 참 신기한 일이다. 아침에 일어나면 침대에서 빈둥대지 않고 바로 극락조화에게 직행했다.

　2주 차가 되니 키 크는 속도가 더뎌졌다. 게다가 눈에 띄는 변화도 없다. 다른 줄기만큼 크려면 아직 멀었는데 어찌된 영문인지 알 수 없었다. 묵묵히 기다리겠

다고 다짐한 게 엊그제인데 언제 그랬냐는 듯 조급증
이 밀려왔다. 손으로 억지로 잡아 늘릴 수도 없고 어쩌
지. 잎이 완전히 나려면 앞으로 2주 정도 남은 터라 지
금 성장이 멈춘 건 아닐 것이다. 인터넷을 검색해봤지
만 이유를 알 순 없었다. 그러다 나흘쯤 됐을 때, 변화
가 감지됐다. 빡빡하게 말려있던 부분이 조금 느슨해
진 것이다. 내가 너무 오랫동안 쳐다봐서 매직 아이처
럼 착시 효과가 나타난 건가? 변화를 갈망하는 마음이
너무 커서 현실을 직시하지 못하고 보고 싶은 대로 보
는 건가? 별의별 의심이 들었다. 내 눈을 믿을 수 없었
다. 객관적인 기준이 필요했다. 그때 떠오른 것이 그동
안 찍어온 사진! 부랴부랴 핸드폰 화면에 사진을 띄워
극락조화 바로 옆에 놓고 대조했다. 근거 없는 의심이
아니었다. 비교해보니 꽁꽁 말린 정도가 현저히 느슨해
졌다. 그렇게도 염원하던 변화가 일어났다. 설레었지만
그것도 잠시. 이건 무슨 징조일까? 설마 키 성장이 멈춘
건가? 하나의 의심이 해결되니 또 다른 의심이 고개를

내밀었다. 하지만 말려있는 잎이 하루가 다르게 획획 풀리면서 의심은 자취를 감췄다. 며칠 지나니 고깔 모자 같던 형태가 도화지를 원통 모양으로 둘둘 만 것처럼 느슨해졌다.

3주 차에 도달했다. 잎이 온전한 형태를 갖춘다고 한 평균 소요 기간의 절반이 지났다. 이파리는 여전히 풀리고 있다. 전과 달라진 점이라면 잎이 풀리는 속도. 이전에는 6시간 정도 지나야 '풀렸구나' 했다면 지금은 2~3시간 간격으로 풀린다. 조용히 일하고 있는데 갑자기 '촤르륵' 하며 이파리가 펴져서 깜짝 놀란 적도 있었다. 소리뿐이 아니었다. 펴지면서 생기는 반동에 극락조화의 몸 전체가 살짝 흔들렸다. 신기했다. 이파리가 풀리는 중에 다른 줄기 틈에 껴서 더는 펴지지 않길래 손으로 그 틈을 살짝 벌려준 적도 있었다. 덕분에 끼어있던 부분이 '촤악' 하며 완전하게 풀렸다. 그렇게 이파리가 다 펴졌다. 아직은 이미 나있는 이파리처럼 바깥쪽으로 볼록하게 튀어나오지는 않는다. 이파리가 말려

있을 때의 형태가 남아 있어서 오목렌즈처럼 생겼다.

"세상에 나오느라 애썼다. 그런데 너, 키는 더 안 크
니?"

물음에 대답하듯 극락조화가 자라기 시작했다. 아침
저녁 사이에도 눈으로 식별될 정도로 속도가 빨랐다.
이파리가 펴질 공간이 만들어지면 잠시 성장을 멈췄다
가 이파리가 다 펴지면 다시 자라나 보다. 본격적으로
자라기 시작하니 얼마나 클지도 궁금해졌다. 욕심 같아
선 원래 있던 잎보다 컸으면 좋겠다. 그래야 전체적으
로 균형이 맞을 것 같다. 작다면? 그 자체로도 개성이
있을 것 같다. 잎이 들쭉날쭉한 극락조화를 상상하니
그것 또한 귀엽다. 내 기준대로 성장하라고 욕심 내지
말자. 커도 좋고 작아도 좋으니 체력이 되는 범위 안에
서 무리하지 않았으면 좋겠다. 어떠한 모습도 받아들일
수 있고 애정을 듬뿍 쏟을 준비는 되어 있으니 말이다.

4주쯤 되니 키 성장이 멈췄다. 이제 마무리 단계에 들어간 것 같다. 오목렌즈처럼 가운데가 움푹 파인 이 파리는 볼록해져서 탐스러워졌고 잎 끝도 살짝 아래로 처지면서 훨씬 자연스러워졌다. 장장 4주에 걸쳐 혼자 그 큰일을 해낸 극락조화가 대견스러웠다. 내가 옆에서 한 거라곤 규칙적으로 물을 주고 '이랬으면 좋겠다'며 푸념한 것뿐이었는데. 극락조화 덕분에 특별할 것 없는 아침을 설레며 시작하고 기분 좋은 기다림을 기약하며 하루를 마무리했다. 근사한 한 달을 선물 받은 것 같다. 고맙다.

"새 잎 틔우느라 고생했고, 건강하고, 다른 잎들과 조화롭게 잘 지내길 바란다."

좀 친해지고 자신감도 얻은 시기
식구를 늘려볼까?

3
새 식구 추가요!

극락조화가 별탈 없이 잘 자라고 새 이파리도 나면서 식물 기르는 데 자신감이 생겼다. 동시에 거실에 극락조화 혼자 덩그러니 있는 모습이 외로워 보이기도 했다. 친구가 있으면 좋겠다.

'식물을 더 들여볼까?'

오랜만에 얼굴도 보고 식물 얘기도 나눌 겸 꽃집에

들렸다. 엄마들이 만나는 사람마다 아기 사진을 보여주면서 자랑하는 것처럼 자리에 앉자마자 신나게 극락조화 이야기를 하고 그동안 찍은 사진도 보여줬다. 실컷 자랑을 늘어놓은 다음 식물 하나를 더 기르고 싶다고 말했다. 구체적으로 정해놓지는 않았는데 꽃집에 들어온 순간부터 눈길을 끈 식물은 있었다. 이름을 몰라 "저 거요!" 하며 손가락으로 가리켰다. 이파리들이 제멋대로 마구 뻗어있는 식물이다. 길쭉한 이파리 끝이 포크처럼 두세 갈래로 갈라졌는데 그 형태가 멋졌다. 사람으로 치면 정수리는 볼륨이 살아있고 끝부분은 자연스럽게 웨이브가 있는 헤어스타일 같다.

"아, 박쥐란 말하는 거죠?"

이름이 외양을 보며 내가 연상한 것과 사뭇 다르다. 원래는 나무나 바위에 붙어서 서식하는데 그 모습이 박쥐가 매달린 것 같아서 붙여진 이름이란다. 어떤 사람들은 뾰죽한 이파리가 사슴뿔을 닮아서 수사슴의 뿔을 뜻하는 단어(Staghorn)와 고사리과의 식물을 뜻하는 단어(Fern)를 합쳐 사슴뿔고사리(Staghorn Fern)로 부르기도 한단다. 인테리어 좀 안다는 사람들은 박쥐란을 자연목에 부착해 헌팅 트로피처럼 벽에 걸어두기도 하고 공중에 매달아 기르기도 한다고 했다. 설명을 들으니 플랜테리어 관련 자료에서 본 벽걸이 식물이 떠오른다.

"그때 그 식물이 바로 박쥐란이었구나!"

벽에 걸지말지는 아직 정하지 않았지만 정갈한 외모의 극락조화와 반대되는 외모가 매력적이다.

예쁘다고 무작정 데려올 수는 없는 법. 이번에도 현실형 식물 조건에 부합하는지부터 확인해야 한다. 극락조화가 잘 자라는 건 어쩌면 운이 좋아서일 수도 있다. 혹시나 하는 마음에 기르는 법을 물었다. 극락조화와 비슷하단다. 물을 충분히 주고 볕이 직접 들지 않는 그

늘지고 시원한 곳에 두면 된다고 했다. 게다가 예민하지 않아서 특별히 조심해야 할 부분도 없다고 했다. 가족이 될 운명이었는지 원하는 조건에 딱 맞다.

쇼핑 봉투에 넣어서 바로 집으로 데려왔다. 극락조화 옆에 두니 키 차이가 많이 나서 언니, 동생처럼 사이가 좋아 보인다.

"우리 집에 온 걸 환영해!"

환영 인사를 하고 박쥐란을 자세히 관찰하기 시작했다. 이파리에는 회색빛이 은은하게 감도는 솜털이 보송보송하게 나있다. 손으로 살짝 만져보니 피아노 의자처럼 보드랍고 도톰하다.

꽃집에서 들은 내용을 바탕으로 인터넷에서 박쥐란에 대해 더 찾아봤다. 겉모습만 독특한 줄 알았는데 살아가는 방식도 범상치 않다. 박쥐란의 이파리는 기능에 따라 두 가지로 나뉜다. 하나는 뿌리를 덮고 있는 둥글 넓적한 영양엽, 다른 하나는 내 마음을 빼앗은 생식엽이다. '이파리가 두 종류니 새 이파리가 나는 모습도 2배로 더 많이 볼 수 있겠구나!' 극락조화에 새 이파리가 난 지 얼마 지나지 않았던 때라 잎에 대해 알면 알수록 흥분됐다. 영양엽은 뿌리의 증산 작용을 억제해 생육에 필요한 물을 저장한다. 나무나 바위에 붙어서 서식할 수 있는 것도 그 덕분이다. 영양엽의 새 이파리는 기존에 난 이파리 위를 덮으면서 한 장씩 난다. 결과적으로 이파리가 겹겹이 쌓이는 셈이다. 색은 시간이 지나면서 녹색에서 갈색으로 변하고 결국 썩는다. 하지만 쓸모 없는 게 아니다. 제거하면 안 된다. 이 이파리가 썩으면서 생기는 부산물이 박쥐란에는 영양분이 되기 때문이다. 또 다른 이파리인 생식엽은 번식을 담당하는 포자가 달려있는 것과 없는 것으로 또 한번 나뉜다. 포자가 달린 이파리가 없는 것보다 1.5~2배 더 길다. 아무리 봐도 이 이파리는 매력이 흘러넘친다. 처음엔 제멋대로 난 잎의 겉모습만 눈에 들어왔는데 지금은 눈에 보이지 않는 부분까지 알게 돼 흥미롭다. 사방팔방으로 난 이 파리가 마치 한자리에 머물며 사는 식물이 자유를 향해 뻗은 손 같다.

"아직 주변 환경이 낯설겠지만 잘 적응해주면 좋겠어. 나도 열심히 공부해서 부족함 없는 보호자가 될게. 우리, 잘 지내보자!"

♣ 박쥐란

소개 : 사슴뿔처럼 길쭉하게 뻗은 잎이 특징.

관리 : 7~10일마다 물을 충분히 준다. 바람이 잘
통하고 볕이 직접 들지 않는 곳에 둔다.

주의 : 통풍이 중요하며 높은 공중 습도를 좋아하
므로 분무는 자주 해준다.

4
떠나자, 다육이의 세계로!

날씨가 더워지면서 선인장을 비롯한 다육식물에 관심이 가기 시작했다. 때마침 요리 잡지에서 다육식물을 활용한 테라리엄 센터피스를 취재했던 일도 떠올라 극락조화, 박쥐란처럼 큼직한 화분 말고 올망졸망한 식물을 들이고 싶어졌다. 물론, 실천에 옮기기 전 검증은 필수다. 아무리 햇볕에 강하고 건조한 날씨, 말 그대로 극한의 환경에서 살아가는 다육식물이라도 무관심한 보호자를 만나면 그 강인한 생명력도 바닥을 드러내고 만

좀 친해지고 자신감도 얻은 시기
식구를 늘려볼까?

다. 책임지고 잘 기르려면 당연히 사전에 철저히 준비해야 한다.

다육식물을 잘 활용할 수 있는 테라리엄에 대해 알아봤다. 테라리엄은 유리 용기에 작은 식물을 재배하는 것인데, 관리도 쉽고 크기도 적당해서 실내에서 기르기에 어려움이 없어 보인다. 찾아본 내용 중 테라리엄 안에서 개별적인 생태계가 조성된다는 부분이 특히 인상적이다. 유리 용기 안에 있는 식물들이 시들지 않고 살아가는 원리이다. 식물이 뿌리를 통해 빨아올린 물을 기공으로 배출하면 그 물이 유리 용기 안쪽 벽에 물방울 형태로 맺힌다. 시간이 지나 물방울이 커지면 지면으로 떨어지고 그 물을 다시 식물이 뿌리로 빨아올려 기공으로 배출한다. 이러한 물의 순환이 끊임없이 반복된다. 동시에 낮에 광합성을 통해 생성된 산소가 밤에는 호흡에 쓰이며 이때 배출된 이산화탄소는 낮이 되면 광합성의 재료가 된다. 용기 안에서 식물의 생리 작용과 대기의 순환 법칙이 협업하면서 자연스럽게 생태계가 유지되는 것. 외부의 도움 없이 자력으로 생존에 필요한 물질을 재생하는 모습이 경이롭다. 유리 용기 안이 또 다른 우주 같다.

꽃집에 연락해 테라리엄 만들 날짜를 정하고 그전까지 자료를 찾아서 보내기로 했다. 테라리엄의 또 다른 매력은 오브제를 활용해서 취향대로 내부를 꾸밀 수 있다는 점. 직업병이 발동해 국내외의 테라리엄 시안을 찾기 시작했다. 마음에 드는 시안이 말도 안 될 정도로 넘쳐났다. '어머! 이렇게 꾸며도 예쁘겠다!'라는 감탄사를 셀 수 없이 연발하다가 스크랩이 서른 장을 훌쩍 넘은 걸 확인하고는 시안 찾기를 멈췄다. 이 시안들을 간추리는 것도 만만치 않았다. 이상형 월드컵 하듯이 선별하여 가장 마음에 드는 3컷을 남겼다. 그런 다음 각각의 시안에서 마음에 드는 요소, 예를 들면 식물의 종류 및 형태, 피규어, 자갈색 등을 한데 모으고 완성되었을 때 조화로운지를 상상하며 보기 쉽게 정리했다.

마침내 정한 테라리엄의 콘셉트는 '아기자기한 동식

물원'. 유리 용기 안에 식물은 빽빽하지 않게 배치하고 작은 동물 오브제와 소품을 활용해 동물과 식물이 사이 좋게 지내는 정원으로 연출하기로 했다.

드디어 테라리엄을 만들기 위해 꽃집에 방문했다. 미리 시안을 공유하고 이야기를 충분히 나눴지만 얼굴을 보니 또 흥분해 테라리엄을 만들기로 결정한 배경부터 얼마나 많은 시안을 찾았는지 등 이야기 보따리를 풀어놨다. 그리고 한 가지 걱정을 털어놨다. 내 손이 끔찍한 곰손이라 다른 사람들은 20분 걸리는 작업이 1시간 넘게 걸릴 수도 있고 완성도까지 떨어질 수 있다고 말이다. 그녀는 크게 웃으면서 '실수하지 않게 옆에서 밀착 마크할 테니까 걱정하지 말라'며 안심시켜 주었다. 그러곤 준비해놓은 식물과 오브제를 "짜잔"하고 보여줬다. 그녀가 준비한 식물은 녹탑, 틸란드시아, 나나, 핑크스타였고 오브제는 작은 인형과 나무 토막 등이었다. 전부 다 마음에 쏙 들었다. 녹탑은 레고 블록처럼 하나씩 톡톡 뜯어보고 싶게 생긴 잎 구조가 독특했고, 틸란드시아와 나나는 삐죽삐죽 난 잎이 이국적이었다. 무엇보다도 핑크스타는 시선 강탈 그 자체였다. 붉은색 잎에서 뿜어져 나오는 존재감이 가히 독보적이었다. 특히, 초록색으로만 가득 차서 밋밋할 수 있는 테라리엄에 강렬한 포인트를 주기에 충분했다.

취재도 하고 자료도 찾아본 덕분에 테라리엄 만드는 법을 머리로 이해하는 건 어렵지 않았다. 문제는 손이었다. 내 두 손은 제 갈 길을 찾지 못해 허공에서 심하게 방황했고 어설펐다. 그녀가 먼저 시범을 보여줬는데도 예쁘게 만들어야겠다는 포부가 압박으로 작용해 동작 하나하나가 소심해졌다. 그래도 큰 문제 없이 유리 용기에 배수층을 깔고 배양토를 넣었다. 그 다음, 식물을 심을 단계가 되자 뿌리에 상처를 내거나 잎을 찢는 등의 '치명적인 실수를 저지르지는 않을까' 하는 걱정이 물밀듯이 밀려왔다. '옆에 전문가가 있으니까 편하게 하자. 정 못하겠으면 다시 알려 달라고 하면 된다!'라고 마인드 컨트롤을 하며 차근차근 해나갔다. 플라스

틱 화분을 꾸깃꾸깃 주물러 식물을 꺼내야 하는데 뿌리
가 다칠 것 같았다. 너무 살살했더니 뿌리와 흙이 전혀
분리되지 않았다. 좀 더 과감해도 된단다.

"그… 그래도 될까요?"

소심하게 다시 한번 확인한 후에야 힘을 조금 더 줘
서 흙을 털어냈다. 모든 식물을 분리하고 나니 안도의
한숨이 나왔다.

"이제 식물을 심을 차례죠?"

이 또한 결코 녹록지 않았다. 흙을 너무 살살 뿌린 탓
에 식물이 고정되지 않고 흔들거렸다. 결국 도움을 받
아 안정감 있게 심고 배양토도 꾹꾹 다졌다. 마지막으
로 틸란드시아와 나나 잎 사이에 낀 흙을 붓으로 쓸어
내야 하는데 잎이 꺾어질까 불안했다. 조심성이 과할

정도로 발휘돼 허공에 붓질을 해대자 그녀는 또 다른 붓을 꺼내 잎 위의 흙을 거침없이 툭툭 털었다. '오호! 이게 바로 전문가의 과감한 터치구나!'라며 속으로 감탄했다. 정말 간단한 식물 심기를 걱정과 긴장, 불안의 삼중주 속에서 어렵사리 마쳤다. 이제 오브제를 배치할 차례다. 토토로, 선인장 모형, 작은 물뿌리개와 나무 토막으로 내부를 꾸몄다. 식물 사이 사이에 반질반질한 돌멩이와 하얀색 자갈을 넣어 아늑하게 연출했다.

완성된 테라리엄을 보니 토토로가 사는 정원처럼 보였다. 모두가 잠든 밤, 정원 주인인 토토로가 물뿌리개를 들고 다니며 식물에 물을 주고 가꾸는 모습이 상상됐다. 내 손으로 만든 게 믿기지 않을 만큼 아기자기하고 귀엽다. 식물을 기르기 시작하면서 자그마한 나만의 정원이 있으면 좋겠다는 생각을 몇 번 했는데 테라리엄으로 그 꿈의 일부를 실현한 것 같다. 아직 널찍한 땅을 살 자본이 없고 그 넓은 정원을 관리할 여력도 안 되는데 테라리엄은 비용이나 관리를 비롯한 여러 가지 측면이 딱 내가 감당할 수 있을 만큼 현실적이다. 테라리움을 보틀 가든이라고 부르는 것도 이해되었다. 이제는 하나의 식물이 아닌 식물들이 모인 생태계를 책임진다는 생각에 어깨가 무거워졌지만 기르는 과정에서 그걸 잊을 만큼 충분히 큰 즐거움과 뿌듯함으로 보답해줄 거라 믿는다.

"우리 집의 하나뿐인 작은 정원이 된 걸 환영해!"

♨ 테라리엄에 적합한 식물

높은 습도와 일정한 온도, 낮은 광도에서도 잘 자라며 생장이 비교적 느린 식물을 추천한다. 서로 다른 종류의 식물을 심을 경우, 그 식물들끼리 성질이 비슷해야 관리가 용이하다. 적합한 식물로는 싱고니움, 푸밀라고무나무, 드라세나류, 피토니아, 아글라오네마, 페페로미아, 호야, 틸란드시아, 코르딜리네, 필레아, 셀라기넬라, 아디안텀, 프테리스, 네프롤레피스, 아스플레니움 등이 있다.

⚠ 테라리엄 관리

두는 곳

햇볕이 잘 드는 곳이 적합하다. 급속한 온도 상승을 막기 위해 직사광선이 드는 곳은 피하고 난방이 되지 않거나 찬바람이 드는 곳도 피한다.

물주는 법

용기 안쪽에 수분이 말라 보일 때, 미세한 입자의 분무기로 물이 살짝 고일 만큼 뿌려준다. 배수구가 없기 때문에 과습한 환경이 되지 않도록 주의한다. 필요 이상의 물을 주었을 경우, 휴지나 흡수지로 물을 제거한다.

5
동고동락하며 돈독해진 우리

테라리엄을 만들고 남은 식물을 집에 가져왔다. 마침 브랜드 패밀리 세일 때 구입한 작은 그릇과 향초를 다 태우고 남은 용기가 있어 거기에 옮겨 심을 생각이었다. 베란다에 신문지를 깔았다. 본격적으로 분갈이를 하기 전, 장갑을 찾았다. 이럴 수가! 이사 와서 공사하고 청소할 때 장갑을 꼈던 기억이 생생한데 남아있는 게 없다. 비닐장갑마저 없다. 맨손으로 분갈이를 해야 한다니! 손에 무언가 묻는 걸 끔찍이도 싫어하는데 큰

일 났다. 장갑이 없으면 장갑을 살 때까지 요리도 미루는 나인데. 결벽증은 아니지만 손에 유독 민감해서 하루에만 손을 10번 넘게 씻는데 흙을 맨손으로 만져야 하다니! 충격이다. 게다가 어제 손톱을 깎았다. 그것도 바짝. 손톱 밑으로 흙이 낄 것 같다. 하지만 당장 내일부터는 일정이 빡빡해서 오늘이 아니면 도저히 분갈이할 시간이 없다. 일단 참고 해보자.

호탕하게 '해보자!' 했지만 막상 시작하니 나도 모르게 손에 흙을 안 묻히려고 꼼수를 썼다. 엄지와 검지 끝만 이용해서 화분에서 식물을 분리하려다 바닥에 여러 번 떨어뜨렸다. 용기보다 족히 5배는 큰 모종삽으로 흙을 넣다 절반 넘게 흘리면서도 '어쨌든 흙이 들어가긴 하니까'며 꿋꿋이 그 삽을 썼다. 그러다가 '아, 이건 너무 비효율적이다!'라는 생각이 번쩍 들었다.

모종삽을 내려놓고 크게 심호흡을 한 번 했다. 그런 다음 마치 장갑을 낀 것처럼 맨손으로 과감하게 작업을 재개했다. 축축한 것도 아니고 쫀쫀한 것도 아닌 낯선 촉감이다. 움켜쥐니 손 안에서 흙이 부드럽게 바스러졌다. 새로운 촉감에 익숙해지려는데 갑자기 손이 근질근질해졌다. 벌레가 있는 것도 아니니 순전히 기분 탓이었을 거다. 내가 알고 있는 별의별 찝찝한 상황들이 꼬리에 꼬리를 물어 머릿속을 장악해버렸다.

'편의점에서 비닐장갑을 사올 걸 그랬나?'

흙이 아닌 나와의 보이지 않는 싸움이 시작됐다. 정신을 차려 테라리엄 때 배운 내용을 떠올렸다. 식물을 심은 후, 윗부분을 흙으로 덮었다. 검지와 중지로 흙을 꾹꾹 누르며 다지는데 손톱 밑으로 흙이 파고드는 것 같았지만 참았다. 그 면적이 너무 작아서 모종삽 뒷부분으로 할 수 없었기 때문이다. 분갈이 하나를 마치고 나니 손바닥 전체가 흙으로 코팅되어 있었다. 빛에 비춰보니 알 수 없는 입자들이 미세하게 반짝였다. 살짝 촉촉했다.

좀 친해지고 자신감도 얻은 시기
식구를 늘려볼까?

두 번째 분갈이도 시작했다. 첫 화분에서 마음고생이 심했는지 찝찝한 느낌은 덜했다. 오히려 흙의 촉감이 점점 좋아졌다. 적당히 수분을 머금고 있는 게 브라우니 쿠키 같았다. 힘주면 사르륵 부서지는 느낌도 재미있다. 슬라임 같다. 분갈이가 끝났는데도 한동안 흙을 으깨고 문지르고 놀 정도로 중독성이 강했다. 어쩜 이렇게 변덕이 심할까? 그 덕분에 분갈이를 모두 무사히 마쳤지만 말이다. 바닥에 깔았던 신문지를 정리하고 모종삽도 제자리에 두었다. 분갈이를 마친 식물들은 각각 안방과 거실에 놓았다.

드디어 손을 씻었다. 물줄기에 손을 뻗자 손을 뒤덮고 있던 흙들이 물살을 타고 풀어진다. 손이 깨끗해질수록 왠지 모를 아쉬움이 남았다. 어렸을 때 놀이터에서 친구들과 흙으로 소꿉놀이를 하고 나서 손을 씻을 때도 이런 기분이었다. 손을 씻고 나서 핸드크림도 발랐다. 소파에 편하게 앉아 분갈이 한 식물을 보니 한층 더 가까워진 기분이다. 결혼 후, 남편에게 느낀 감정도 이랬다. 더운 날씨에 이삿짐을 나르고 청소를 하느라 얼굴은 땀과 먼지에 찌들고 옷은 더러워져서 행색이 누추했지만 힘든 일을 함께 하고 나니 전보다 결혼에 대한 확신이 강해졌다. 지독한 감기 몸살에 걸려 머리를 감기는커녕 세수조차도 못한 꾀죄죄한 얼굴을 아무렇지 않게 쓰다듬고 걱정부터 하는 모습, 비싼 레스토랑의 음식이 아닌 내가 먹다 남은, 심지어 고춧가루가 묻은 밥도 아무렇지 않게 먹는 모습을 보면서 연애할 때와는 차원이 다른 친밀감을 느꼈다. 잘 꾸민 모습만 보여주던 연애 시절과 정반대인 후줄근한 현실적인 모습이 우리를 더 가깝게 만들어준 셈이다. 이런 게 상대방의 허물도 내 것처럼 여기고 포용하는 마음일까? 아니면 이제는 눈에 보이는 것 뒤에 있는 진심을 헤아리게 되었다는 뜻일까? 살면서 늘 예쁘고 멋진 모습만 보여줄 순 없다. 같이 살면서 자연스럽게 그걸 깨닫고 세상에서 가장 못나고 후진 모습도 애정으로 감싸주니 서로를 향한 마음이 더욱 애틋해졌다. 식물도 마찬가지인

좀 친해지고 자신감도 얻은 시기
식구를 늘려볼까?

것 같다. 예쁜 외모를 감상하는 데서 그치지 말고 분갈이, 하엽 제거 등 마냥 유쾌하진 않지만 맞닥뜨릴 수밖에 없는 상황마저도 애정으로 보듬고 이해할 줄 알아야 진정한 가족이 된다. 분갈이를 하면서 소중한 사람을 돌아볼 수 있게 돼 가슴 한편이 훈훈했다. 오늘도 식물 덕분에 한 뼘 성장했다.

6
넌 이름이 뭐니?

식물을 기르면서 일상에서도 자그마한 변화가 일어
났다. 다음은 이전과 달라진 풍경들.

#1 무심코 지나가던 화단에 관심 갖기

아파트 단지에 자그마한 화단이 있다. 사실 그곳이 화
단이라는 걸 알게 된 건 최근이다. 집을 여름에 계약했는데 당시에는 꽃이 있는 걸 보고도 노는 땅인 줄 알았다. 가끔 할머니들이 걸음을 늦추고 화단을 구경할 때 '저기에 볼 게 뭐가 있다고 저러지?' 하며 무심코 지나갔다. 계절이 바뀌어 봄이 오고 극락조화를 들이고 나서야 알아챘다. 노는 땅인 줄 알았던 그곳의 진가를 말이다. 여느 때처럼 집에 가면서 보니 형형색색의 팬지가 저마다의 매력을 뽐내며 화단을 장식하고 있었다. 줄지어 나란히 핀 모습도 꽤 귀여웠다. 바람 부는 대로 씨앗이 퍼져서일까? 팬지 주변에 민들레가 듬성듬성 나있었다. 반가웠다. 노란 꽃잎이 있던 자리가 뽀얀 홀씨들로 빼곡하게 채워질 날이 기다려진다. 수십 번도 더 지나갔던 길인데 너무 늦게 관심을 준 것 같다. 덕분에 아파트 단지 화단을 계기로 평소에 무심코 다니던 길을 곱씹어보고, 지나다니며 보게 되는 꽃과 식물에도 관심을 기울이게 됐다. 지금껏 주변에 있던 아름다운 존재들을 너무 모르고 살았다.

사람마다 카페에서 중요하게 여기는 부분은 저마다 다를 텐데 나의 경우, 음악에 집중하는 편이다. 인테리어가 훌륭하고 음식 맛이 좋아도 분위기에 어울리지 않는 음악이 흘러나오면 실망스럽다. '여기에 다시는 오지 않을 거야!'라고 마음의 문을 닫을 정도는 않지만 음식을 먹고 일행과 대화를 나누는 중에 음악에 자꾸 신경이 쓰여 후한 점수를 주기는 어렵다.

최근 여기에 항목이 하나 더 추가됐다. 식물이다. 정확하게는 식물의 관리 상태다. 플랜테리어 열풍이 불고 식물을 테마로 한 카페들이 소위 핫 플레이스로 주목받으면서 식물을 들여놓은 카페가 급증했다. 오픈 초에는 싱그런 식물들이 많아서 마냥 좋았는데 시간이 흐르니 식물의 건강 상태에 눈길이 갔다. 이를 통해 식물은 물론, 더 나아가 가게에 대한 책임감까지 엿볼 수 있기 때문이다. 물이 부족해서 시든 채로 방치되거나 사람들이 지나다니는 길목에 둔 탓에 이파리가 너덜너덜해진 식물을 보면 카페 직원들이 세심한 부분까지 신경 쓰지 못하고 있다는 인상을 받는다. 심지어 식물이 계산대 옆이나 픽업대처럼 직원들의 시야에 있는데도 관리를 받지 못해 생명을 근근이 이어가는 경우도 봤다. 식물을 살아있는 생명체가 아닌 인테리어 소품 정도로 여긴 걸까? 설사 애정이 없더라도 카페의 일부인 식물에 문제가 있다면 개선하기 위해 노력할 것 같은데 식물이 보내는 S.O.S. 신호를 그토록 매정하게 무시하다니. 카페 업무가 아무리 많아도 달력에 표시해가며 물을 주고 잎이나 줄기가 자꾸 사람들 몸에 닿으면 자리를 옮기거나 가지치기라도 하는 게 맞지 않을까? 환경에 대한 반응 속도가 비교적 느린 식물을 건강하게 잘 키운다는 건 그만큼 작은 부분까지 책임감을 갖고 신경 쓴다는 반증이기도 하다. 그래서 식물을 부지런히 관리하는 사람이 운영하는 카페는 손님의 편의를 위해 사소한 부분까지 챙길 거라는 믿음이 생기고 절로 후한 점수를 주게 된다.

#3 원예 용품에 눈독 들이기

시장 조사도 하고 쇼핑도 할 겸 리빙 편집숍을 자주 간다. 결혼 전에는 문구류, 결혼 후에는 여기에 그릇과 패브릭 소품까지 본다. 식물을 기르고 나서부터는 쇼핑의 범위가 원예 용품까지 확장되었다. 꽃병, 화분, 모종삽 등… 평소에는 대충, 심지어 보지도 않았던 것들이다. 하지만 지금은 당장 살 것도 아니면서 가위의 그립감이 궁금해 쥐어도 보고 화분 소재와 무게를 확인하는 등 식물 용품 쇼퍼가 되었다. 도산공원에 자주 가는 편집숍에서 원예 용품들을 판매하기 시작했을 때도 한걸음에 달려가 아이템에 눈 도장을 찍었다. 또 다른 편집숍에서도 식물 관련 외국 도서를 입고하기 시작하면서 순전히 책을 읽기 위해 전보다 더 자주 방문하고 있

좀 친해지고 자신감도 얻은 시기
식구를 늘려볼까?

다. 그렇다고 '이 책을 통해 지식을 쌓고 영감을 얻어야 겠어!'라며 작정하고 책을 펼치는 건 아니다. '재미있겠는데?'라는 1차원적인 호기심이 발동한 것뿐이다. 좋아하는 식물에 대한 내용을 읽고 사진도 보며 식물을 활용해 공간을 풍요롭게 꾸미는 아이디어를 얻고 집에 적용할 방법을 고민하는 일이 새로운 취미가 되었다. 어제 읽은 책의 내용을 오늘 다시 보면 전에는 생각해내지 못했던 아이디어가 떠오른다. 이때는 식물로 공간을 꾸미는 데에서 한 단계 넘어 식물을 일상에 끌어들이고 조화롭게 살아가는 지혜까지 터득하게 된다. 읽으면 읽을수록, 곱씹으면 곱씹을수록 다양한 세계가 펼쳐진다. 이런 게 신세계가 아닐까 싶다. 캡션까지 달달 외웠다고 해도 과언이 아닐 정도로 자주 읽은 책을 구입하는 것도 이러한 이유다. 아침에 잠이 깨면서, 일하는 도중 잠시 딴짓할 때 등 수시로 펼쳐보며 나만의 세계를 그려본다. 서가에 식물과 관련된 책이 하나 둘 늘어나는 것도 전에는 상상하지 못했던 풍경이다.

7

액자 대신 식물을 걸어요

　어렸을 때 본 영화의 한 장면 때문에 생긴 습관이 있다. 대충 이런 장면이다. 귀신 들린 집에 사는 주인공이 귀신을 쫓기 위해 별의별 방법을 쓰다가 결국 귀신의 심기를 건드렸고 이를 괘씸하게 여긴 귀신이 벽에 걸린 액자, 시계 등을 모조리 바닥에 떨어뜨리며 심술을 부렸다. 집 안은 유리가 깨지는 '쨍그랑' 하는 소리로 소란스러워졌고 유리들이 산산조각 나면서 사방팔방으로 튀었다. 주인공은 떨어지는 액자에 맞을 뻔하기도 했다. 벽에 걸어둔 물건이 떨어지는 그 장면이 너무 공포스러워 영화를 본 이후 집에서도 물건을 벽에 걸어 두지 않게 됐다. 수납장은 바닥에 놓고 쓰는 형태를, 액자는 벽에 걸지 않고 테이블에 올려두는 쪽을 택한다. 그 결과 지금 살고 있는 집 벽에 걸려있는 물건은 이사 올 때부터 설치된 부엌 수납장과 종이 소재의 벽 시계뿐이다. 하지만 시간이 지나면서 인테리어에 변화를 주고 싶은 욕망이 몸집을 불려가기 시작했다. 액자를 걸고 싶지만 떨어질 것이 두려워서 망설이던 중 행잉플랜트를 알게 됐다.

행잉플랜트, 글자 그대로 해석하면 공중 식물로, 땅에 뿌리를 내리지 않고도 살 수 있어 공중에 매달아 키우는 식물을 말한다. 더 넓게는 식물을 공중에 매달아 키우는 행위 자체도 포함한다. 공중에서부터 아름다운 잎이나 줄기를 늘어뜨린 모습만으로 플랜테리어가 완성되는 느낌이다. 이렇게 기르기에 적합한 식물들은 미국 플로리다주의 숲부터 멕시코, 과테말라, 아르헨티나와 칠레의 산맥, 사막 등지에 이르기까지 폭 넓게 분포한다. 이 식물들은 야생에서 나무나 바위, 다른 식물에 붙어 뿌리로 공기 중에 떠다니는 부유물과 습기를 빨아들인다. 척박한 환경에서도 무탈하게 살아간다는 말은 관리가 쉽다는 뜻이기도 하다. 집에서 키운다면 물을 제때 주는 걸로도 충분하다. 행잉플랜트 수와 관리할 사항이 비례하지 않아서 마음에 든다. 하지만 제대로 책임지지도 못할 거면서 개체수만 무작정 늘릴 수는 없는 법. 극락조화와 박쥐란, 테라리엄을 들여놓았을 때처럼 꼼꼼하게 따져봐야 한다.

행잉플랜트에 대해 더 자세히 알아보기로 했다. 우선 우리 집에서 기를 수 있는지를 다시 확인했다. 행잉플랜트용 식물들은 원래 풀이나 나무에 바짝 붙어 살짝 그늘진 곳에서 살기 때문에 햇볕이 간접적으로 들어와도 적합하단다. 오히려 햇볕을 직접 쬐면 시들거나 탈수 증상을 일으킬 수 있다. 여름철에는 햇볕이 강하게 들어오는 창가를 피하면 된다. 집을 둘러보니 거실이 적합할 것 같다. 전문가들이 말하는 행잉플랜트 적정 생육 온도는 15~25도로 우리집 거실의 연중 평균 온도와 비슷하다. 그 다음 확인할 사항은 바로, 물. 식물에 따라 일주일에 한 번 또는 아주 가끔 분무기로 뿌려주면 된다. 안심이 되는 건 물을 필요 이상으로 많이 주어도 손상이 크게 가지 않는 점이다. 기특하게도 물을 너무 많이 공급받아도 자신이 필요한 만큼만 쏙 흡수한단다. 다만, 잎이 촘촘하게 났다면 그 부분이 무르는 것을 막기 위해 고인 물기를 제거해줘야 한다. 자료를 찾으면 찾을수록 행잉플랜트에 대한 호감이 커졌다. 마침 에어컨 바람이 손실되는 것을 막을 목적으로 거실과 현관 복도 사이에 커튼을 설치했는데, 그 커튼봉에 식물을 걸면 되겠다.

적합한 식물을 구하기만 하면 되는데 급하게 작업 의뢰가 들어왔다. 작업 규모가 크고 마무리하기까지 오래걸려서 실천에 옮기는 게 차일피일 미루어졌다. 그러던 중, 남편이 촬영 소품으로 옷걸이 달린 식물을 샀는데 촬영 끝나고 나니 처치 곤란이 되었단다.

"사진 찍어서 보내줘."

사진 속 식물은 행잉플랜트 식물의 대표격인 수염 틸란드시아였다. 내가 찜한 식물이기도 했다.

"집에 가져와. 우리가 키우자!"

행잉플랜트에 대한 호감만 가진 채 끝날 뻔한 만남이 성사되는 순간이다. 작업 중에도 '행잉플랜트는 언제 구하지?'라며 미련을 못 버리고 있었는데, 신기했다. 그리워하면 언젠가 만나게 된다는 말이 진짜인가 보다. 그날 퇴근하는 남편 손에는 수염 틸란드시아가 들려있었다. 커튼봉에 걸어두니 화분에서 수염 틸란드시아가 폭포처럼 쏟아지는 듯하다. 평범한 우리 집이 외국 잡지에서 봤을 법한 이국적인 집으로 재탄생했다. 화분에서 크는 극락조화, 박쥐란과는 또 다른 느낌이다. 게다가 잎이 위가 아닌 아래로 난다니 그 성장 모습도 기대된다. 물건을 벽에 걸어두는 것에 대한 공포감을 누그러뜨려준 은인, 수염 틸란드시아와의 동거가 시작됐다.

⚘ 행잉플랜트에 적합한 식물

대개 착생식물로 다른 풀이나 나무에 뿌리를 드리우고 사는 식물이 좋다. 카풋메두사, 수염 틸란드시아, 이오난사, 크세로그라피카 등이 있다.

⚠ 행잉플랜트 관리

두는 곳

햇볕이 간접적으로 들어오는 그늘로, 온도가 낮에는 15~25도 사이로 유지되는 곳에 둔다.

물주는 법

물은 식물에 따라 필요로 하는 양이 다르다. 카풋메두사, 수염 틸란드시아는 습한 지역이 원산지이기 때문에 일주일에 한 번 분무기로 물을 뿌려준다. 이오난사와 크세로그라피카는 건조한 지역이 원산지이기 때문에 물에 푹 담가주거나 가끔 분무기로 뿌려준다. 더운 곳에 두면 물을 더 자주준다. 겨울에는 서리가 끼지 않도록 주의하며 물기가 묻은 상태에서 찬 바람을 쐬지 않도록 한다.

8
엄마 생각이 나서

집에 식물이 늘어나면서 생각나는 사람이 있다. 엄마다. 기억으로는 대학교 1학년 때였을 거다. 수업이 없는 날이었지만 평소에 일어나던 시간에 눈이 떠져서 거실 소파에 몸을 뉘었다. 엄마가 한창 출근 준비 중이었다. 옷을 다 챙겨 입고 가방도 갖고 나와서 배웅하려는데 엄마가 갑자기 멈춰 섰다. 그러더니 방석을 가져와 자리를 잡고 앉았다. '무슨 일이지?'

엄마가 앉은 곳 바로 앞에는 자그마한 실내 조경이

있었다. 엄마가 가꾸는 것으로 작은 폭포에서는 물이 떨어지고 그 힘으로 물레방아가 쉼 없이 돌아갔다. 물레방아에서 떨어진 물이 모이면서 작은 연못을 이루고 그 주위로 군데군데 식물들이 심어져 있었다. 조경 옆에는 크고 작은 화분을 놓아서 멀찍이 떨어져서 보면 숲 같았다. 엄마는 분무기로 식물에 물을 뿌리고 작은 가위로 이곳저곳을 다듬어주었다. 한참을 여기저기 들여다보고 분주하게 움직였다.

"엄마, 그거 급한 거야? 꼭 지금 해야 돼? 그 시간에 밥 먹어."
"아니야. 이렇게 얘네를 가꾸고 가만히 보고 있으면 마음이 편해지고 얼마나 좋은데?"

이해하지 못했다. 잠과 밥을 포기하고 식물 돌보는 쪽을 택한 엄마의 생각과 식물을 보니까 마음이 편해진다는 말이 무슨 뜻인지.

회사에 다닐 때는 '내가 언제까지 이 회사에 다닐 수 있을지'를 걱정했다면 프리랜서인 지금은 '언제까지 이 일을 할 수 있을지'를 걱정한다. 운 좋게 작업 의뢰가 꾸준히 들어오고 어떤 때는 감당할 수 없을 정도로 많다. 앞으로 6개월~1년까지는 상황이 좋지만 5~7년 뒤에도 지금처럼 이 일을 꾸준히 할 수 있을지는 의문이다. 살면서 반드시 고민해봐야 하는 문제지만 일이 끊임없이 밀려들 때는 이런 생각을 할 겨를이 없다. 큰 프로젝트가 끝나면 그 규모만큼 허탈감과 공허함도 크다. 일을 무사히 마무리했다는 데서 오는 안도감도 있지만 어젯밤까지 밥 먹고 잠자는 시간 빼고 계속 일하다가 하루아침에 할 일이 없어지니 실업자가 된 기분이다. 그때 이 고민이 다시 수면 위로 떠오른다. 근심의 무게도 더욱 가중된다. 프리랜서로 일한 지 5년 가까이 되지만 아직도 낯설다. 아침에 밀려오는 이 감정을 잠재우려면 눈 뜨자마자 할 일이 있어야 한다. 텔레비전을 봤다. 몽롱한 상태에서 소파에 앉아 눈꺼풀만 꿈뻑 대니 다시 잠이 몰려온다. 청소기를 돌리고 집안일을 했다. 하지만 집안일이라는 게 끝이 없다. 나를 위한 개인 시간까지 할애하게 된다. 게다가 티도 안 나서 보람도 적다. 이 또한 적합하지 않다.

여러 생각에 잠기다 그동안 놓친 걸 깨달았다. 바빴던 지난 며칠 동안, 아침부터 잠들기 전까지 컴퓨터 앞에 붙잡혀 있느라 식물들에 소홀했던 것. 식물과 시간을 보내는 게 좋겠다. 하나하나 이름을 불러준 게 언제인지 가물가물하다. 제 아무리 척박한 환경에서도 꿋꿋하게 자란다는 식물이라도 무관심엔 장사 없을 거다. 게다가 관심을 듬뿍 줄 때와 생사 여부만 간신히 확인하는 바쁠 때의 편차가 너무 커서 식물 입장에서는 서운함도 클 것이다. 한 손에 커피를 들고 그때 엄마가 그랬던 것처럼 화분 앞에 쿠션을 놓고 앉았다. 극락조화 이름도 불러보고 얼마나 더 자랐는지, 잎이 난 방향이 바뀌지는 않았는지, 화분을 돌려야 하는지 등을 생각하며 유심히 봤다. 박쥐란은 못 본 사이에 영양엽이 훨씬 짙어졌다. 보통 이쯤 되면 새로운 영양엽이 나올 준비를 한다던데.

"너는 언제쯤 영양엽 만들 거야?"
"백도선 선인장은 팔이 많이 자랐구나!"

백도선 선인장이 집에 왔을 당시에는 눈사람처럼 2개의 동그란 자구가 맞물려 있고 아래쪽 자구 측면에 길쭉한 자구가 위쪽으로 나 있었다. 그 모습이 한쪽 팔을 들고 발표하는 이모티콘을 닮아서 귀여웠는데 주변 환경에 잘 적응했는지 그 팔이 훌쩍 자랐다. 팔이 너무 길어져서 지금은 가제트, 오랑우탄 같다. '그 변화를 진작에 알아챘다면 사진으로 남겨놨을 텐데. 아니, 적어도 내 눈에는 담았을 텐데.' 알아서 잘 자라는 식물들이라 분주하게 손볼 게 없고 그저 바라보기만 했는데도 아침부터 굉장히 큰일을 해낸 기분이었다.

그래서 엄마도 출근하기 전에 식물과 시간을 보냈던

걸까? 엄마를 피곤하게 만들었던 복잡한 문제가 무엇이었는지는 아직까지도 모른다. 하지만 지금 확실히 알게 된 건 식물을 가꾸고 들여다보면 마음이 편해진다는 엄마의 말이다. 극락조화를 집에 들이고 얼마 지나지 않아 엄마가 "식물 돌보다 보면 스트레스도 풀리고 마음도 안정될 거야."라고 말했는데 사실 그때는 그 말이 크게 와닿지 않았다. 그런데 식물과 함께한 지 1년이 지난 지금 신기하게 일에 대한 고민의 무게도 한결 가벼워졌다. 늘 한자리에서 자신의 성장에 집중하면서 주변 환경에 따라 유연하게 대처하고, 포기할 것이 있으면 과감히 포기하는 식물의 모습에서 앞으로 어떻게 커리어를 개발해 나갈지에 대한 혜안도 얻었다. 활자로 기록되어 있거나 구체적인 사례를 본 것도 아닌데 식물의 삶은 그 자체만으로도 훌륭한 본보기다. 옹기종기 모여있는 화분으로 다시 시선을 옮겼다. 엄마의 모습이 어른댄다. 엄마 생각이 난다.

9
장바구니에 추가되었습니다

쇼핑하기 전, '꼭 사야지!'라는 마음으로 집을 나서면 그날은 빈손으로 들어오는 징크스가 있다. 오히려 '팔면 사고 아니면 말자'라고 가볍게 생각하거나 다른 사람들이 쇼핑할 때 따라가면 성공 확률이 더 높다. 이렇게 작정하고 쇼핑하러 나서면 허탕치기 일쑤인 탓에 핸드폰 메모장에 쇼핑 리스트를 적어두는 습관이 생겼다. 외근하러 갈 때, 집에 들어올 때 등 그날의 동선에 쇼핑 리스트에 있는 물건을 살 수 있는 매장이 있으면 들르

되 일부러 찾아 나서지는 않는다. 결혼 전 쇼핑 리스트는 옷, 결혼 후에는 그릇과 패브릭 소품이 주를 이루었다. 식물이 늘면서 쇼핑 리스트에 원예 용품이 등장하기 시작했다. 너무 많아서 스크롤을 내려야 할 상황에 다다랐다. 실력은 초보인데 분에 넘치게 전문가용 제품을 욕심내는 건가 싶어 하나씩 검토했다. 그 결과 5개가 살아남았다.

#1 꽃병

요즘 꽃다발 선물이 자주 들어온다. 거기다 플라워 클래스를 듣기 시작하면서 꽃을 생생한 상태로 더 오래 두고 싶어졌다. 예전에는 이 나간 유리 물병, 주스병에 응급 처치하듯이 꽂아두었는데 이제는 제대로 된 꽃병에 두고 싶다. 첫 구매이기 때문에 디테일이 많거나 금방 질리는 독특한 디자인보다는 유리 소재의 심플한 원

기둥 형태가 적합하겠다. 가장 기본적인 스타일이라 거실, 주방, 안방 등 집 안 어디에 있든 잘 어울릴 것이다. 크기와 높이는 일반적인 꽃다발이 들어갈 정도면 충분하다. 주방 용품 사러 생활 소품 숍에 들렀다가 생각해 둔 조건에 맞는 꽃병을 찾아서 장만했다.

#2 물뿌리개

지금까지는 물을 국그릇에 담아서 주었다. 물을 부을 때 과감해야 하는데 손이 워낙 무디고 소심해서 찔끔찔끔 흘리다 보니 물이 국그릇을 타고 흘렀다. 덕분에 물 한번 주고 나면 바닥은 물바다였다. 흘린 양만큼 물을 더 주긴 하는데 눈 대중으로 한 거라 그 양이 적당한지 아닌지 긴가민가 했다. 어느 날, 남편이 베란다 바닥에 깔 나무 타일을 사러 홈 퍼니싱 숍에 간다기에 따라나섰다. 오랜만에 와서 쇼룸부터 빠짐없이 보던 중, 물뿌리개를 발견했다. 간결하면서도 강렬한 디자인이 참 인상적이었다. 나팔꽃을 닮은 V라인의 윗부분이 특히 마음에 들었다. 플라스틱 소재라 물을 많이 담아도 무겁지 않을 것 같다. '살까, 말까?' 한참을 망설였다. '국그릇으로 물을 줄 때 흘리긴 하지만 시간이 지나면 익숙해져서 나아지지 않을까?'라며 사지 말자는 쪽과 '물 주는 부분이 길게 나와있고 손잡이도 달려있어서 훨씬 편한데? 게다가 물 주는 양도 확인할 수 있어!'라며 사자는 쪽이 충돌했다. 남편은 '그게 그렇게 심각하게 고민할 문제야?'라는 얼굴로 "온 김에 사는 게 낫겠어."라고 말했지만 들리지 않았다. 고민 끝에 계산대 앞에서 유턴했다. 결국 구입했다.

#3 노즐 달린 물뿌리개

테라리엄에 물을 줄 때마다 신경이 쓰이는 부분이 있

었다. 다육식물이라 물이 직접 닿으면 안 되는데 꼭 물을 흘렸다. 식물끼리 간격이 좁고 손이 잘 닿지 않는 깊숙한 곳에 심어져서 물뿌리개 대신 입구가 좁은 주스병을 사용하는데 아무리 조심해도 양을 조절하거나 물이 잎에 닿지 않게 조준하는 게 쉽지 않아서 그랬다. 그러던 중 꽃집에 놀러 갔다가 신기한 물건 하나를 발견했다. 탄성이 있는 튜브형 몸통에 후크 선장 손처럼 생긴 노즐이 달린 물뿌리개였다. 몸통을 누르면 노즐을 통해 물이 쭈욱 나온다. 한 번에 나오는 양이 많지 않고 노즐이 길어서 방향 조절도 쉬웠다. 지금 내가 원하는 물뿌리개의 조건을 모두 갖췄다. '어머, 이건 사야 돼!' 구입처를 물어보니 강남역에 있는 일본 리빙 숍이란다. 가게에서 걸어가면 10분도 안 걸리는 거리다. 쇼핑 리스트에는 없었지만 최근 들어 그 필요성이 급상승한 물건이라 그날 바로 샀다. 살면서 다섯 손가락 안에 꼽히는 충동 구매였지만 만족도는 100점 만점에 200점이다.

좀 친해지고 자신감도 얻은 시기
식구를 늘려볼까?

식물에 물을 주는 방식이 크게 2가지로 나뉜다. 하나는
물뿌리개로 흙에 직접 주는 것과 다른 하나는 분무기
로 잎에 뿌리는 것. 분무기는 가정용 제품을 쓰는데 식
물이 점점 커지고 많아지면서 자잘한 애로 사항이 생기
기 시작했다. 우선, 가정용 분무기라 한 번에 분무되는
양이 적다. 잎이 풍성하게 난 박쥐란에 분무기로 물을
주고 나면 손등에 푸르스름한 힘줄이 올라와 있다. 무
거운 물건을 들었을 때 가끔 이렇게 되는데 시간이 지
나면 힘줄이 가라앉는다. 하지만 이게 반복되면 원래대
로 가라앉지 않고 평소에도 튀어나와 있을까 걱정된다.
손잡이를 움켜쥐었다 폈다 반복하는 횟수와 빈도가 늘
어나니 손 아귀도 아프다. 다른 문제는 분무되는 범위
가 좁다는 점. 한 번 뿌렸을 때 화분 전체로 흩뿌려지면
그만큼 손에 무리도 덜 가고 물 주는 시간도 단축될 것
같다. 혹시나 하는 마음에 꽃집에 물어봤는데 이번에는

수확이 없었다. 가게에서 쓰는 분무기는 용량이 너무 커서 가정에서 쓰기엔 무리였다. 분무기는 지금도 쇼핑 리스트에 홀로 남아있다.

#5 꽃가위

꽃을 꽃병에 꽂아두고 물을 바꿔줄 때 보니 점점 줄기 끝이 물렀다. 이렇게 되면 물관이 막혀서 물을 제대로 흡수하지 못한단다. 꽃가위가 없어서 '꽃이나 채소나 같다'며 임시방편으로 주방 가위로 끝을 잘라냈다. 그런데 줄기가 나무처럼 두꺼운 꽃은 줄기가 짓이기듯이 잘려서 절단면이 깔끔하지 않았다. 자를 때도 힘이 많이 들어갔고 다칠까 노심초사했다. '꽃가위를 살까?' 가끔 플라워 클래스에서 쓰고 남은 꽃을 가져오는데 그때도 꽃을 정리하려면 가위가 필요했다. 시든 꽃을 버릴 때도 줄기를 짧게 잘라야 쓰레기 봉투를 뚫고 나오지 않는다. 여러 가지 이유들이 쌓이면서 꽃가위를 사기로 했다. 아직 전문가는 아니기 때문에 생활 소품점에서 무난하게 쓸 수 있는 가위로 저렴하게 구입했다. **TPO**에 어울리는 특화된 장비를 쓰니 전문가가 된 것처럼 어깨에 힘이 들어간다.

10
사진 좀 찍는 사람들 사이에서는
식물이 필수라던데?

에디터의 업무 중에는 글 쓰는 것 말고 화보 촬영 진
행도 큰 비중을 차지한다. 화보 촬영 진행은 콘셉트를
정하고 포토그래퍼와 시안을 상의하는 것부터 촬영에
필요한 스태프를 섭외하고 현장에서는 콘셉트대로 촬
영이 이루어지도록 디렉팅한다. 모든 과정이 중요하지
만 시안을 찾는 건 촬영의 첫 단추이기 때문에 충분한
시간과 노력을 쏟아야 한다. 나는 시안을 최대한 많이
보고 스크랩해둔다. 그러다가 재미있는 사실 하나를 발

견했다. 최근 들어 화보의 카테고리, 이를테면 패션, 뷰티, 리빙 등 그 영역에 상관없이 식물이 등장하는 것이다. 원예나 인테리어 화보에서나 볼 수 있었던 식물이 소품으로서 그 역할을 톡톡히 해내고 있다. 내가 이제막 식물을 기른 지 얼마 안 돼서 식물에 관심이 왕성하고 어딜 가도 식물부터 찾는, 식물밖에 모르는 열혈 초보 식물 보호자라는 점을 감안하면 당연할 수도 있다. 국내외 유명 포토그래퍼나 사진 좀 찍는 사람들이 찍은 화보를 보고 깨달은, 알고 있으면 언젠가는 쓸 일이 있을 식물을 활용한 촬영 팁은 이렇다.

#1 프레임 안에 살짝 걸치기

사진을 통해 보여주고자 하는 것이 식물이 아닐 때, 즉 식물을 소품으로 활용할 때 써먹기에 좋다. 인테리어 화보처럼 콘셉트의 특성상 식물이 온전히 보이게 또는 식물을 도드라지게 세팅하는 것과 달리 식물을 배경으로 삼거나 일부만 보여주는 등 소품으로 쓰는 경우다. 식물로 꾸민 카페라는 점을 강조한다고 해서 프레임을 식물로 가득 채우지는 않는다. 프레임의 3분의 1 지점에 음료잔을 두고 반대편 여백에 식물이 나오게 하는 식이다. 다른 방법도 있다. 잔에 초점을 맞추고 식물로 꾸민 공간은 흐드러지게 나오게 한다. 이렇게 하면 공간감도 살고 사진을 보는 사람에게 '식물로 인테리어한 카페구나'라는 메시지를 세련되게 전달할 수 있다. 집에서 음식 사진을 찍을 때도 응용할 수 있다. 센터피스도 좋고 작은 화분도 좋다. 앵글은 음식과 식물이 예쁘게 나오는 쪽으로 잡으면 된다. 다육식물인 틸란드시아나 레티지아처럼 정수리 부분이 예쁜 식물이라면 정탑(블로거들 사이에서 항공샷이라고 불리는 앵글)에서, 센터피스가 높거나 측면에 장식적인 요소가 많다면 정탑보다 낮은 앵글, 즉 식탁 의자에 앉았을 때 보이는 눈높이에서 촬영하면 식물과 음식이 조화로운 사진을 건질 수 있다.

식물 그대로 노출시키는 것도 좋지만 그림자를 활용하면 사진이 좀 더 근사해진다. 이 경우 그림자의 색이 검다는 점을 감안해 넓적하고 투박한 잎보다는 늘씬한 잎을 택한다. 같은 이유로 잎의 색이나 잎맥은 그림자에 표현되지 않기 때문에 잎의 윤곽이 또렷하고 개성 있는 것이 좋다.

이러한 조건을 만족시키는 식물로는 플랜테리어용 식물로도 인기가 좋은 아레카 야자가 대표적이다. 가느다란 줄기를 따라 시원스럽게 뻗은 잎이 촘촘하게 줄지어 나있는 자태가 실물로 볼 때도 매력적이지만 그림자로 보면 또 다른 분위기를 자아낸다. 그림자를 만들려면 식물에 빛을 비춰야 하는데 그 빛과 식물의 그림자가 한 프레임 안에 들어가면 동남아 어느 나라의 해변에 온 것 같다. 따스한 햇볕, 여유와 나른함이 한데 어우러져 당장이라도 비행기 티켓을 예매하고 싶게 만든다. 여기에 색감이 화려하고 투명한 음료를 유리잔에 담아 옆에 두고 찍으면 음료가 더욱 청량하게 표현된다. '몰디브 가서 모히또 한 잔' 하고 있는 기분은 덤! 이러한 연출은 최소한의 비용과 세팅으로 스튜디오를 휴양지로 탈바꿈하는 데 제격이라 여름 패션 화보에서도 심심치 않게 발견된다. 아레카 야자가 너무 크다면 테이블 야자를 활용해도 좋다.

#3 액자처럼 써보기

사진 편집을 할 줄 안다면 시도해볼 만한 방법이다. 식물이 나온 사진 위에 그보다 작은 사진을 얹는 것이다. 이렇게 하면 결과적으로 사진에 식물 액자를 끼운 효과가 난다. 식물이 있긴 한데 크기가 커서 다른 소품들과 세팅하기가 난감하거나 식물의 일부분만 활용하고 싶을 때 요긴하다. 심지어 무료 이미지 사이트에서 식물 사진을 다운로드하면 식물이 없어도 가능하다. 이때 사진을 보는 사람이 액자의 역할을 하는 부분을 두고 '이 부분에 식물이 있구나!'라고 알아챌 수 있도록 식물의 특징을 강렬하게 노출시켜야 한다. 식물이 주인공인 사진과 달리 가장자리에 간신히 나오고 전체가 아닌 일부만 나오기 때문이다. 구멍이 숭숭 난 잎이 특징인 몬스테라를 쓰면서 잎이 아닌 줄기를 노출시키면 사람들은 그 줄기가 어떤 식물의 것인지, 심지어는 식물인지조차 모를 수 있다. 그렇기 때문에 극락조화, 몬스테라, 아이비처럼 식물 그 자체만으로도 개성이 뚜렷해서 식물을 잘 모르는 사람들도 알아챌 수 있는 종의 특징적인 부분을 포착하는 요령이 필요하다. 만약 2퍼센트 부족한 사진이 있다면 식물 액자를 시도해보자.

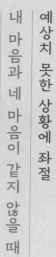

예상치 못한 상황에 좌절

내 마음과 네 마음이 같지 않을 때

1

그때 그때 달라요

꽃집에서 알려준 내용과 내가 정해놓은 규칙에 따라 극락조화를 기르던 중, 또 한 번 불안감이 엄습했다. 키가 더 자라거나 또 다른 새 이파리가 나는 등 눈에 띄는 변화가 없었기 때문이다. 조급해하지 않기로 나 자신과 약속했지만 한번 생긴 불안은 쉽사리 가라앉지 않았다. 그러다가 물 주는 양으로 의심의 화살이 향했다. 평소에 '이 정도면 충분할까?' 하며 의심한 적이 많았기 때문이다. 꽃집에 지금 내가 극락조화에게 물을 적당하게 주는지 물었더니 의외의 대답이 돌아왔다.

"지금보다 1.2~1.3배 정도 더 줘야 돼요."

이상했다. 지난번에는 지금 내가 주는 양이면 충분하다고 했는데.

"지난번에 주라고 한 만큼 주는 건데도요?"
"요즘같이 더운 날씨에는 식물도 사람처럼 더위를 이겨내려면 에너지가 더 필요하거든요. 그래서 더 줘야 돼요. 사람도 여름엔 다른 계절보다 물을 더 마셔야 하는 것처럼 식물도 그래요. 절대적인 기준은 없어요."

아, 듣고 보니 너무 당연한 말이다. 식물은 주변 환경에 반응하는 생명체라는 사실을 또 잊고 있었다. 지금보다 물을 더 많이 줬다면 새 이파리가 더 빨리 났을 수도 있었겠는데?

워낙 건망증이 심해 물 주는 것 자체를 잊어버릴 것 같아 거기에만 온 신경을 쏟았다. 그러다 보니 물의 양까지는 생각할 여력이 없었다. 이제부터는 포스트잇에 물 주는 양까지 적어봐야겠다. 식물을 관찰할 때도 새 잎이 날 징조나 성장 상태에만 그치지 말고 그 내용을 바탕으로 물을 얼마나 가감하는지도 생각해야겠다.

극락조화를 처음 들여왔을 때 가장 크게 걱정했던 게 경험이 없다는 점이었다. 그런데 그 경험이라는 것이 시도하지 않으면 생길 수 없다는 걸 깨달았다. 아무것도 하지 않으면 아무 일도 일어나지 않는다는 말처럼. 지금까지 극락조화와 동고동락하면서 경험이 점점 쌓이고 있는 게 실감이 난다. 그러면서 점점 구체화되는 것 같다. 초기에는 물을 준다는 것 자체가 하나의 경험이었다면 지금은 날씨에 맞게 물의 양을 조절해서 주는 것으로 한 단계 발전했다. 시작도 하기 전에 경험이 없다고 걱정한 건 괜한 일이었다. 그러고 보면 경험은 잘못을 대하는 태도에 발전 여부가 달려있는 것 같다. 물

주는 양이 틀린 걸 알았을 때, '내가 이럴까 봐 식물 안 기른다고 했지!'라며 자책하지 않고 '내가 그 부분은 신경 못 썼네. 다음부터는 꼼꼼하게 챙겨야지.'라며 잘못을 인정한 후 같은 실수를 또 저지르지 않겠다고 마음먹는 것처럼 말이다. 그런 다음, 규칙을 만들었다. 미안하다고 말하고 개선된 모습을 꾸준히 보여주는 것이다. 잘못했을 때 실천해야 하는 일련의 프로세스를 만들어 놓으니 나중에 이런 비슷한 상황이 있을 때 찾아볼 수 있는 경험의 한 페이지가 만들어졌다. 나는 그 덕분에 전보다 나은 식물 보호자가 되는 셈이다.

지금은 식물을 기르다가 헷갈리는 부분이 있으면 인터넷을 찾거나 꽃집에 물어보는 횟수가 많은데 앞으로 경험이 차곡차곡 쌓이면 '그땐 이렇게 했지'라며 그 해결책을 나 자신에게서 찾는 횟수가 더 많아지길 기대해 본다. 그러기 위해서는 점점 성장하는 보호자가 되어야겠지. 자신을 다그치면 그럴 수 없다. 그렇게 되면 식물에 대한 애정은 식을 것이고 부정적인 감정으로부터 나

자신을 보호하기 위해 기계적으로 매뉴얼대로만 관리하게 될 테니까.

처음 사회생활을 시작했을 때가 생각났다. 모르는 것도, 신경 쓸 것도 많아 이틀에 한 번 꼴로 실수하고 그럴 때마다 선배에게 지적 받았지만 일에 대한 애정이 있었기 때문에 '내일은 더 잘해야지!'라며 주눅 들지 않고 넘어져도 다시 일어났다. 그 경험 덕분에 일하면서 생기는 예측 불허의 상황에서 당황하지 않고 유연하게 대처하는 요령도 생겼다. 만약 선배에게 지적 받았을 때 그 순간의 부정적인 감정에 사로잡혔다면, 그래서 커리어에 대해 멀리 객관적으로 보지 못했다면 경험이라는 것이 쌓였을까? 절대 그럴 수 없었을 거다. 경험은 과거부터 지금까지 쌓이는 동시에 앞으로 만들어갈 수도 있다. 지금까지는 식물과 좋은 일만 있기를 바랐다면 이제는 좋든 나쁘든 상관 없이 다양한 일들이 일어나면 좋겠다. 그래야 식물과 나의 경험의 한 페이지를 써 내려가고 더 가까워질 테니.

♨ 식물의 물 달라는 신호

겉흙이 건조해짐

봄, 여름, 가을에는 겉흙이 말랐을 때 듬뿍 준다. 손가락으로 찔러봐서 흙이 묻어나지 않거나 흙 색깔이 연해지면 준다.

속흙이 건조해짐

다육식물이나 겨울철 휴면기를 보내는 식물은 겉 흙과 속흙의 상태를 모두 확인한다. 나무막대기 로 찔러봤을 때 흙이 묻어나지 않으면 속까지 건 조한 상태이므로 이때 물을 준다.

2
대파를 심어보자

음식에서 대파의 힘이 막강하다는 걸 새삼 깨닫는 요즘이다. 아니다, 결혼 전에는 요리를 거의 하지 않아서 지금껏 몰랐다는 표현이 맞을 수도 있겠다. 국이나 찌개를 끓일 때, 반찬 할 때 등 음식에 대파가 들어가지 않으면 풍미가 부족한 느낌이다. 대파가 없으면 느끼하고 한식을 먹어도 먹은 것 같지 않다. 그래서 어떠한 요리를 하든 대파는 빠짐없이 넣는다. 재미있게도 평소 성격과 달리 요리할 때는 대범하고 손이 커서 그 양이

어마어마하다. 장을 볼 때마다 냉장고에 대파가 있건 없건 상관없이 사는 것도 이 때문이다. 남편은 그런 나를 보고 "차라리 집에서 대파를 심어보는 게 어때?"라고 말했다. 처음에는 농사를 지으라는 말인 줄 알고 "풀 뜯어 먹는 소리!" 하며 콧방귀를 뀌었다. 그런데 그게 아니란다. 우유 팩 같은 길쭉한 용기에 한 대만 심어보란다. 직업 정신 반, 궁금증 반으로 인터넷을 검색해봤다. 생각보다 많은 사람들이 집에서 대파를 심고 있었다. 남편이 말한 대로 방법도 꽤 간단하다.

다음날, 마트에서 대파 한 묶음을 샀다. 총 5대였는데 그 중 4대는 요리 용도에 따라 손질해서 냉동실에 얼렸다. 나머지 1대, 바로 화분에 심어질 주인공은 흰 부분 전체와 초록색 부분만 조금 남겨두고 잘라냈다. 남편이 플라스틱 테이크 아웃 잔에 흙을 채우고 나는 손질한 대파를 심었다. 분갈이 실력을 발휘해 대파가 단단하게 고정되도록 손끝으로 꾹꾹 눌렀다. 다 심고 보니 테이크 아웃 잔에 가래떡 하나가 우뚝 솟아있는 형상이다. 물을 적당히 뿌려주고 '파식이'라는 이름을 붙여주었다. 3일에 한 번 꼴로 물을 줬다. 한동안은 토양과 주변 환경에 적응하는 데 집중했는지 큰 변화는 일어나지 않았다. 극락조화나 박쥐란 등 식물을 기를 때 이미 겪어본 일이라 당황하지 않고 쭉 지켜보기로 했다. 일주일쯤 지나니 초록색 부분 위로 무언가가 고개를 빼꼼 내밀었다. 처음 나타난 변화에 신이 났다. 동시에 '제대로 심긴 했구나.'라며 마음이 놓였다. 다음날, 그 다음날도 그 부분은 무서운 속도로 쭉쭉 컸다. 대파가 심어진 상태에서 초록색 부분만 가위로 잘라 요리한다는 글이 생각났다. 마침, 청국장을 끓이려던 터라 즉시 행동에 옮겼다. 내 손으로 기른 대파에 상처를 내서 살짝 미안했지만 그것도 잠시! 기존의 대파보다 훨씬 강하고 풍부한 향에 '심기를 잘했다!'며 자화자찬했다. 흙에 심겨진 대파를 즉석에서 잘라서 그런가? 예전에 취재하며 만난 요리 선생님도 허브를 직접 기르며 필요할 때마다 잘라서 쓴다고 하신 게 생각났다. 외국 잡지에서 레스토랑 셰프가 식재료를 농장에서 직접 재배하고 수확해 요리한다는 '팜 투 테이블'의 시대가 올 것이라고 전망한 기사를 봤는데 그게 이런 걸까? 대파를 직접 기르고 써보니 별의별 생각이 다 든다. 비록 손바닥만 한 크기지만 팜 투 테이블 방식으로 싱싱한 대파를 쓰는 데 재미를 붙여서 초록색 부분이 올라오기만 하면 바로 잘라 요리하곤 했다.

안타깝게도 이 소소한 재미는 오래가지 못했다. 작업이 너무 많아져서 요리할 시간이 없었기 때문이다. 이럴 때는 미리 얼려둔 반찬과 국을 전자레인지에 데워 먹기만 한다. 남편이 가끔 라면에 대파를 넣을 때를 빼고 대파는 방치에 가까운 상태였다. 게다가 물 주는 일정이 극락조화, 박쥐란처럼 주기가 긴 식물 위주로 맞춰져 있어서 대파에 물 주는 것도 자주 깜빡했다. 대파를 심은 지 2주가 넘은 시점부터 새로 나는 초록색 부분이 부쩍 가늘어졌다. 흰 부분은 푸석푸석해지기 시작했다. 물을 흠뻑 주면 나아질 것 같아 그동안 못 준 물을 몰아서 줬지만 소용없었다. 토양을 바꾸자니 지금 상태가 워낙 심각해서 오히려 스트레스가 될 것 같았다. 이렇다 할 방법을 찾지 못했다. 그래도 희망을 버리지 않고 물을 챙겨주었지만 4주째 접어들자 식물 초보인 내가 봐도 회생 불가능한 상태가 되어버렸다. 마음이 좋지 않았다. 대파로 요리할 때 신이 나서 '이번에 대파를 잘 기르면 고추와 상추 모종도 심고 길러야지!'라며 집에서 팜 투 테이블을 실현하려는 큰 그림을 그렸는데, 돌이켜보면 그 시작이 경솔했다. 요리에 쓰는 용도였어도 어쨌든 식물을 기르는 건데 그에 따른 책임을 깊게 생각하지 않았다. 대파를 다시 심고 싶었지만 지금의 충격에서 완전히 벗어난 후로 미루기로 했다. 모종을 심겠다는 계획도 마찬가지다.

비록 4주였지만 그 짧은 기간을 통해 농부의 마음을 어렴풋이 헤아릴 수 있었다. 가끔 홍수나 가뭄 등의 자연재해로 한해 농사를 망쳤다는 기사를 접한다. 대파를 심기 전에는 그 말을 단순히 수입이 감소했다는 것으로

만 받아들였다. 농사를 짓기 위해 오랜 시간 땅을 길들이고 씨를 뿌리는 등 온갖 정성을 다했는데 하루아침에 그 모든 것이 수포로 돌아가고 심지어 수확을 통해 이루었을 가슴 벅찬 미래까지 송두리째 빼앗겼을 때의 참담함은 미처 몰랐다. 청양에서 블루베리 농사를 짓는 아빠의 얼굴도 떠올랐다. 기록적인 폭염이 이어지고 폭우가 쏟아졌던 때, 농사에 피해가 발생할 수도 있었는데도 바쁘다는 핑계로 안부 전화를 미루고 미뤄 여름 끝자락이 되어서야 통화했다. 다행히 블루베리는 무사했고 판매도 문제 없이 이루어졌지만 그렇지 않았다면 마음이 많이 아팠을 것 같다. 자식을 향한 조건 없는 사랑의 결실인 블루베리에 아빠를 살갑게 챙겨주지 못한 자식의 미안함이 섞여 달콤하면서도 쌉싸래한 맛이 난다.

3
내 마음과 네 마음이 같지 않을 때

호의로 하는 행동이 그걸 받아들이는 사람에게는 호의가 아닐 때가 있다. 퇴근길에 혼자 버스 뒷좌석에 앉아 좋아하는 음악을 들으며 가고 싶은데 회사 동료가 방향이 같다면서 같이 가주겠다고 하거나 당장 처리해야 할 일이 산더미라 밥 먹을 시간이 없는데 선배가 "이게 다 먹고 살자고 하는 짓이지."라며 억지로 식사 자리에 참석시킨 적이 있었다. 그럴 때마다 거절하긴 했지만 통하지 않았다. 내가 거절하면 상대방이 무안해

지고 또 그로 인해 내가 미안해하는 상황을 무릅쓰고
거절하는데도 상대방은 그걸 헤아리지 못했다. 우격다
짐으로 자신이 원하는 대로 밀어붙였다. 그 때문에 내
가 불편했고 심지어 손해를 봤어도 이런 사람들은 남을
위해 자신이 엄청난 일을 해주었다고 생각한다. 최악의
경우에는 챙겨줬는데 고마워하지 않는다며 나에게 도
리어 화를 낸다. 정작 나는 챙겨주길 바란 적이 없는데.
이러한 상황들을 종종 겪다 보니 '나는 그런 사람이 되
지 말아야지.'라며 다짐했다.

초여름이 되자 미세먼지 없는 쾌청한 날씨가 한동안
이어졌다. 매일 환기시키고 공기청정기를 가동해도 자
연 그대로의 공기를 직접 들이마시는 것만 한 게 없다
는 생각과 지금의 이 날씨를 식물도 느끼게 해주고 싶
은 마음에 거실에 있던 식물들을 모두 베란다 창가로
옮겼다. 그 앞에 앉아 초록 식물들을 바라보니 나를 향
해 방긋 웃는 것 같다. 화분이 무겁기도 하고 지금의 날
씨가 며칠 동안 이어질 거라는 일기 예보도 있어서 당

분간 이 자리에 놔두기로 했다. 그런데 나흘 정도 지나자 식물들이 점점 생기를 잃기 시작했다. 하늘을 향하던 극락조화 잎들이 고개를 살짝 숙였다. 박쥐란은 더 심각했다. 물먹은 미역처럼 힘이 하나도 없다. 잎이 아무리 길고 커도 바닥에 닿았던 적이 없었는데 바닥에 끌릴 정도로 축 처지고 말았다. 예상치 못한 식물들의 상태에 충격을 받았다. 어떻게 해야 할지 몰라 우왕좌왕했다. '원인이 뭘까?' 아무런 인과 관계없이 갑자기 이렇게 될 리 없다. '아, 맞다! 밖으로 나왔지!' 외부 환경이 원인이다. 부랴부랴 식물들을 거실의 제자리로 돌려놓았다.

'왜 그랬을까? 볕도 좋고 바람도 좋은, 그야말로 좋은 날씨였는데.'

거실에 앉아 곰곰이 궁리하다가 그 실마리를 찾았다. 우리 집은 남동향이라 이른 아침부터 정오까지 볕이 강하다. 세탁기에서 빨래를 꺼내 건조대에 널어놓는 그 짧은 시간에도 등이 타들어 갈 듯이 뜨겁다. 그렇게 강렬한 볕을 그늘 없이 직접 맨몸으로 그것도 며칠 내내 받으니 식물들이 지치는 게 당연하다. 내가 크게 착각했다. 상대방 입장을 고려하지 않고 자기만의 사고방식에 갇혀 행동하는 사람이 되지 말자더니 내가 딱 그러한 사람이 되어버렸다. 나도 내가 너무 부끄럽다. 식물들은 내가 얼마나 원망스러웠을까? '햇볕이 너무 뜨거워. 우리 좀 들여보내 달라고!'라며 강력하게 신호를 보냈을 텐데. 내가 보고 싶은 대로, 나를 향해 웃고 있다고 해석하고 뿌듯해했으니 말이다.

다행히도 식물들은 나흘쯤 지나면서 원래 갖고 있던 싱그러운 모습을 되찾았다. 물도 충분히 주니 회복 속도는 더 빨라졌다. 그 모습을 보니 지금이 초여름이어서 다행이지 한여름이었다면 죽었을 수도 있겠다는 생각에 아찔해졌다. 식물을 기른 기간만큼 식물을 헤아리는 마음이 넓고 깊어진 줄 알았는데 아직 멀었다. 순간 반려동물 언어 번역기가 생각났다. 아직 상용화 단계는 아니지만 번역기가 반려동물의 울음 소리나 몸짓을 감지해 사람의 언어로 상태를 알려준다고 한다. 그렇게 되면 반려동물과의 의사소통 오류가 확연히 감소해서 보호자가 시의적절하게 대응을 해줄 수 있다. 식물 언어 번역기는 발명되려면 아직 멀었나? 이번 사태처럼 나와 식물의 마음이 통하지 않을 때 특히 요긴할 것 같은데. 원하는 것을 해주는 건 당연하고, 원치 않는 걸 피하게도 해줄 테니까. 보호자가 식물이 원치 않는 행동을 해도 돌이킬 수 없는 상태에 다다르기 전에 수습할 수는 있겠지. 하지만 상상일 뿐이다. 너무 먼 미래를 기다리기보다 지금 상황에서 내가 할 수 있는 최대한의 노력을 기울이면 식물의 마음을 읽을 수 있는 날이 올 것이라 믿는다. 그 경지에 도달할 때까지 우여곡절이 있겠지만 식물과의 이심전심을 꿈꾸며 포기하지 않을 거다.

4

오래 함께하고 싶었는데

극락조화를 시작으로 박쥐란, 테라리엄 등 식물을 늘리기 시작하면서 가장 마음이 안 좋았던 적을 꼽으라면 몬스테라와의 시간일 것이다. 정확히 말하면 수경 재배하던 몬스테라가 죽었을 때다. 독특한 잎 모양과 군더더기 없이 곧게 뻗은 줄기가 예쁜 몬스테라를 수경 재배하게 되었다. 전부터 눈여겨본 식물이라 한껏 들떴다. 참고로 몬스테라는 주로 화분에 심는데, 생명력이 강하고 번식이 쉬워서 줄기를 자른 후 물에서 기르기도 한다. 몬스테라는 델리시오사와 오블리쿠아라는 종으로 구분되는데 델리시오사는 시원스럽게 갈라진 잎이 특징으로, 내가 집에 데려온 것과 같은 종류다. 오블리쿠아는 잎의 중간중간에 구멍이 나있다. 이러한 잎의 모양은 원산지인 멕시코의 기후에서 비롯된 것으로 비바람이 많은 환경에서 살아남기 위한 그들만의 생존 전략이다. 이처럼 개성 넘치는 잎 덕분에 인테리어 소품으로도 인기가 좋다. 그뿐만 아니라 넓은 잎은 실내에서 가습 효과를 높이고 공기를 정화하는 역할도 한다.

꽃집에서 이틀에 한 번씩 물을 갈아주고 물 높이는 바닥으로부터 2센티미터 가량이면 된다고 설명했다. 볕이 드는 그늘이나 실내 반그늘에 두고 기르면서 여름의 강한 햇볕을 주의하라고 알려주었다. 또한 열대성 관엽식물이라 더위에는 강하지만 추위에는 약하기 때문에 실내는 18도 밑으로 내려가지 않게 온도를 유지하라고도 덧붙였다.

집에 모아둔 와인병 중 몬스테라 잎과 어울리는 것을

골라 깨끗하게 헹군 후, 설명대로 물을 채웠다. 그리고 몬스테라를 꽂았다. 테이블 위에 올려두니 인테리어 잡지에서나 보던 그림이 집안에 펼쳐졌다.

'와, 진짜 근사하다!'

다른 식물을 데려왔을 때도 그랬지만 이번에는 유독 사진을 많이 찍었다. 테이블 앞을 지날 때마다 시선은 항상 몬스테라에 고정되었다. 멋스러운 자태를 오랫동안 곁에 두고 싶어 귀차니즘도 잊은 채 물을 꼬박꼬박 갈아주었다. 비가 오지 않아서 건조할 때는 분무기로 물을 뿌려주기도 했다.

5개월쯤 지났을까? 줄기 끝부분이 무르기 시작했다. 물때가 타서 그런 줄 알고 대수롭지 않게 여겼다. 그런데 하루하루 지날수록 그 정도가 심해졌다. 손으로 문질러서 때를 벗겨보려 했는데 미끄러질 뿐이었다. 궁리 끝에 그 부분을 가위로 잘라냈다. 한동안은 괜찮은 것 같더니 같은 증상이 또 나타났다. 그러더니 잎에서 초록빛은 점점 희미해지고 노란빛이 돌았다. 사태가 심각한 것 같아 꽃집에 급히 연락했다.

"이미 늦었어요."

절망적인 답변이 돌아왔다. 살릴 수 있는 방법을 물었지만 지금은 그 어떠한 조치를 취해도 소용이 없단다. 결국 일주일도 못 가 몬스테라가 완전히 갈색으로 변해버렸다. 팽팽하던 잎은 바람 빠진 공처럼 쭈글거리고 축 처졌다. 누가 봐도 생명을 다한 모습이었다. 다른 때는 식물에 조금이라도 낯선 징후가 나타나면 지체 없이 알아봤는데 이번엔 왜 그러지 않았을까? 자신을 탓하며 한숨을 내쉬었다.

마음이 좋지 않았다. 뒤늦게라도 줄기를 잘라 보았지만 헛된 시도였다. 만에 하나라도 남아있을 가능성에 기대 인터넷 검색을 해보았다. 하지만 방법은 없었다.

인정하고 싶지 않았고 직면하고 싶지 않았지만 몬스테라를 놓아주었다. 몬스테라가 있던 테이블이 유난히 허전했다. 짧다면 짧을 수도, 길다면 길 수도 있는 6개월 동안 즐거움을 줬는데, 나에게 좋은 것만 취하고 정작 몬스테라는 책임감 있게 관리하지 못했다. 식물은 죽어도 정신적인 충격이 크지 않고, 기르는 데 경제적인 부담이 적어서 외로움을 잘 타는 사람에게 추천한다는 말을 들은 적이 있다. 그땐 머리로 틀렸다고 판단했는데 이번에는 마음속 깊이 그 사람의 말이 틀렸음을 통감했다. 생명에는 경중이 없다. 모두가 소중하다.

몬스테라에 대한 죄책감이 가실 때쯤, 언젠가 몬스테라를 또 만나게 될 때를 대비해서 오답 노트를 써봤다. 꽃집에 찾아가 이야기를 나누고 자료를 찾아보니 물 높이, 물 주는 방법, 환기와 통풍, 썩은 줄기 관리 등 몬스테라의 생육에 관련된 여러 요인들이 복합적으로 문제를 일으킨 듯했다. 수경 재배의 경우 흙에서 재배할 때처럼 오래가지 못한다는 전문가의 의견도 있었다. 혹시

라도 몬스테라를 다시 기르게 된다면 그때는 지금 공부

했던 내용을 바탕으로 각별히 신경을 써야겠다.

5
손이 덜 간다는 것에 대하여

다육식물 하나를 선물 받았다. 정식 명칭은 호야 케리이지만 잎이 하트 또는 심장을 닮아서 하트 호야, 하트 선인장으로 더 많이 불리는 식물이다. 태국에서는 마음에 드는 사람에게 이 호야 케리를 선물하면 사랑이 이루어진다는 이야기도 전해진단다. 모양에 얽힌 이야기 못지않게 흥미로운 사실은 원래 호야 케리는 덩굴성 식물이지만 잎만 흙에 심어도 잘 자란다는 것. 아이비처럼 벽이나 기둥을 타고 성장하는데 생명력이 강해 잎을 떼어내 화분에 심는 경우도 많단다. 내가 받은 것도 여기에 해당됐다. 예전에 센터피스 취재 때문에 꽃집에 방문했을 때 귀여워했던 바로 그 형태다. 다시 만나게 돼 반갑다.

호야 케리의 고향은 동남아시아에서 오스트레일리아까지 열대, 아열대에 걸쳐 분포하는데 그중에서도 건조한 숲에서 많이 발견된다고 알려진다. 당연히 호야 케리를 기르려면 집을 고향의 생육 환경과 비슷하게 조성해야 한다. 적당한 자리를 찾아보니 거실 TV장이 좋겠다. 반그늘이고 환기도 잘 된다. 창문과 가까워서 겨울에 난방을 해도 온도가 지나치게 올라갈 일이 없다. 잎이 두툼해서 초여름에서 가을 전까지는 흙이 말랐을 때 물을 듬뿍 주고 가을부터 차츰 그 양을 줄이다가 겨울부터 봄까지는 물을 거의 주지 않아도 된단다. 물 주는 시기는 잎 상태를 보면 알 수 있다. 표면이 자글자글하면 바로 그때가 물 주는 타이밍. 식물을 둘러보는 것으로 하루를 시작하니 타이밍을 놓칠 일은 없겠다. 물을 많이 주면 오히려 독이 될 수도 있다는 점은 여느 다육 식물과 같다. 이미 다육식물 몇 개를 기르고 있는 터라 익숙했다.

호야 케리를 들여온 이듬해 여름이었다. 뉴스에서는 연일 폭염 기사를 보도할 정도로 기록적인 더위가 기승을 부렸다. 집에서 작업할 때 낮에 2~3시간 동안만 에어컨을 트는데 이번 여름에는 너무 더워서 아침부터 저녁 늦게까지 풀가동했다. 그런데 하필 에어컨 바람이 벽을 맞고 호야 케리로 떨어졌다. 아무리 창문 쪽이라도 바람이 차고 세서 무리가 될 것 같았다. 사람도 그 자리에서 에어컨 바람을 직접 맞으면 금세 오들오들 떨게 되는데 여린 식물은 오죽할까. 에어컨을 트는 여름 동안만이라도 호야 케리를 피신시키기로 했다. 화분을 들고 다니며 새로운 자리를 물색하다가 안방 서랍장 위에 안착시켰다. 창문을 항상 열어놓아 바람도 통하고 반그늘이라 괜찮을 것 같았다.

그런데 이게 웬일인가? 호야 케리를 안방으로 옮긴

지 한 달도 안 돼서 표면이 자글자글해졌다. 벌써 물 주는 타이밍이 된 건가? 물을 줬다. 그런데 팽팽해지지 않았다. 더워서 원상 복구하는 데 시간이 오래 걸리는 것 같아 느긋하게 기다렸다. 하지만 예상과 달리 호야 케리에 또 다른 이상 징후가 나타났다. 잎의 테두리가 갈변한 것이다. 문제가 무엇인지 찾아봤다. 물을 주지 않아서, 햇볕을 못 봐서, 더워서 등 다양했다. 지난 몇 번의 실패로 얻은 교훈을 떠올렸다. 식물이 죽는 건 한 가지 이유에서가 아니라 다양한 요인들이 복합적으로 작용한 결과라는 점. 그래서 다각적인 관점에서 조치를 취했다. 제일 먼저, 호야 케리를 원래 자리였던 거실 TV장으로 옮겼다. 그러고 나서 물을 더 주었다. 아침마다 자리를 옮겨 잠깐 동안 볕을 직접 쪼였다. 며칠 동안 이어진 특별 관리에도 불구하고 갈변된 면적은 점점 넓어졌고 늠름했던 잎은 점점 누웠다. 꽃집에 연락해 상태가 이렇게까지 진행됐다고 말했다. "이미 늦었어요." 라는 듣고 싶지 않은 답변을 또 듣고야 말았다. 별의별

수를 써도 살려내기 힘들단다. 하지만 포기할 수 없었다. 할 수 있는 모든 걸 했다.

흔히 다육식물을 소개할 때 '손이 많이 안 간다', '관리가 필요 없다'고 하는데 이 표현이 오해를 불러일으킬 소지가 있다는 걸 깨달았다. 대개 '신경 안 써도 알아서 자란다'거나 '생각날 때마다 챙겨도 된다'로 해석하기 때문이다. 날을 정해놓지 않고 마시던 물이 남을 때마다 화분에 붓거나 외부 환경의 변화에도 불구하고 화분을 적절한 곳으로 옮기지 않는 것이 무심코 저지르기 쉬운 예이다. 나 역시 그랬다. 여름에는 주로 거실에서 일하고 에어컨이 있는 거실에 나와서 잤기 때문에 호야 케리를 침실로 옮기고 나서부터 관심도가 떨어진 게 사실이다. 일부러라도 가서 봐야 했는데 시야가 멀어진 만큼 관심이 확장되지 않았다. 안방은 에어컨을 틀지 않아서 많이 덥다. 옮긴 이후, 오히려 더 신경을 썼다면 이상 징후를 더 빨리 포착했거나 이상 징후가 나타나지 않았을 수도 있다. 지금껏 식물을 새로 들일 때 손이 많이 안 간다는 것을 신경을 쓰지 않아도 된다는 뜻으로 받아들인 스스로가 부끄럽다. 머릿속 개념 정리를 다시 해야겠다. 손이 많이 안 간다는 건 늘 예의 주시하되 물주기, 자리 옮기기 등 직접적인 행위의 빈도가 낮은 것이지 관심을 안 줘도 알아서 자란다는 게 아니라고.

6
넌 정말 알 수 없구나

백도선 선인장을 구입했다. 기분 탓일지 모르겠지만 호야 케리가 떠난 자리가 유난히 어둡고 쓸쓸하게 느껴졌기 때문이다. '좀 더 신경 썼어야 했는데.' 하는 후회도 잊을 만하면 찾아왔다. 호야 케리가 있던 자리에 다른 식물을 채우고 기르면서 위안을 받고 싶었다. 호야 케리는 다시 기를 자신이 없어서 전혀 다른 생김새의 선인장을 찾았다. 밍크 선인장에 시선이 갔는데 가격대가 꽤 높고, 구입하더라도 아직은 내가 감당하기 버거울 것 같았다. 선인장이지만 뾰족뾰족한 가시 모양의 잎이 아니라 밍크 선인장처럼 부들부들해 보이는 식물을 찾다가 발견한 게 바로 백도선 선인장이었다. 새하얀 잎이 보송보송하게 나있는 모습이 호야 케리를 떠나보냈을 때의 기분을 푸근하게 감싸주는 듯하다.

백도선 선인장은 멕시코 북부나 사막 지역에 주로 분포한다고 알려져 있다. 솜털 같은 잎과 토끼 귀처럼 길쭉하게 붙은 자구 때문에 토끼 선인장, 영어로 **Honey bunny**라는 별명도 있다. 내 품에 온 백도선 선인장은 토끼보다는 사람을 닮았다. 큰 원형 자구 위에 작은 원형 자구가 얹혀진 모습은 각각 몸통과 머리 같고, 큰 원형 자구 한쪽에 길쭉하게 솟아난 자구는 팔처럼 보여서 마치 한쪽 팔을 번쩍 들고 '저요!' 하며 발표하는 아이 같다. 그래서 이름도 '저요'라고 붙였다. 물 주는 법, 햇볕 쬐는 법을 비롯한 관리법은 여느 선인장과 크게 다를 바 없다. 물론, 방심은 금물이다.

이미 한차례 선인장을 떠나보낸 전적이 있기에 이번

에는 여느 다육식물보다 더 꼼꼼하게 관리했다. 그 노력을 알아주었는지 팔이 쑥쑥 자라 어느새 가제트팔처럼 길어졌다. 그 끝이 손가락처럼 살짝 꼬부라져서 귀엽기까지 하다. 하지만 저요의 성장을 보며 뿌듯해한 지 얼마 되지 않아 수상한 낌새가 포착됐다. 꼬부라진 부분 바로 밑에 BB탄만 한 동그란 무언가가 볼록하게 나온 것이다. '이게 뭐지?' 백도선 선인장에 대해 충분히 공부해서 예상치 못한 변화에도 의연하게 대처할 거라 생각했는데 당혹스러웠다. 자료를 다시 찾아보니 새로운 자구가 날 징조란다. 마음이 놓였다. 새로운 자구의 성장에 더욱 관심을 갖고 지켜봐야겠다. 얼마 지나지 않아 또 다른 작은 자구가 그 옆에 생겼고 위로 쑥쑥 컸다. 하나만 있을 땐 몰랐는데 3개 정도 되니 손가락 같다. 손가락을 편 가제트 팔이 됐다. 몇 주 지나니 팔 형태의 자구가 나있는 반대편에도 자구 하나가 자리를 잡았다. 그뿐만 아니라 가제트 팔 자구의 팔꿈치 부분에도 자구 하나가 추가됐다. 이후로도 선인장 여기저기에 자구가 자라났다. 처음에 데려왔을 때의 모습은 온데간데없지만 지금도 그 나름대로 개성이 넘친다. 귀엽다. 호야 케리로 인해 상처받은 마음을 낫게 해주려는 듯 열심히 크는 모습이 참 고맙기도 하다. 가끔 예상치 못한 곳에 자구가 생기는 것도 서프라이즈 선물 같다.

백도선 선인장을 기르는 사람들 중에는 자구를 떼어서 토양에 옮겨 심는다고도 한다. 그러기 위해서는 자구를 완전히 건조시킨 후 뿌리가 나도록 해야 한다. 그런데 선인장에게는 이 과정에서 고통스러울 수도 있다고 한다. 뿌리를 내는 과정이 극한의 환경에서 죽음을 면하기 위해 발버둥 치는 것과 다를 바 없기 때문이다. 그래서 일부 전문가들은 선인장의 자구가 제멋대로 나는 그 모습 자체를 즐긴다고 한다. 나도 그들의 입장에 동의한다. 이미 지금도 충분히 잘 자라고 있기에 일부러 아프게 하고 싶지 않다. 괜히 욕심부려서 백도선 선인장과 함께한 추억마저 잃고 싶지 않다. 다음에는 어디에서 새로운 자구가 날지 맞춰보고 또 얼마나 자라서 어떠한 형태가 될지 상상했던 시간들 말이다. 대신 앞으로도 꾸준히 관심을 갖고 생육 환경을 일정하게 유지하는 데 더 많이 신경 쓸 계획이다. 그래도 딱 하나, 알고 싶은 게 있다. 다음 번에 자구가 날 자리다. 새로운 자구가 날 수 있는 자리는 거의 다 찬 상태라 얼마나 기상천외한 곳에 불쑥 나타날지 궁금하다.

그래서 말인데, 다음 자구는 어디에 날 건지 살짝 힌트 좀 줄래? 그래야 이제 막 나온 자구를 발견했을 때 당황한 표정이 아니라 반가워하는 표정을 먼저 지을 수 있을 것 같거든.

예상치 못한 상황에 좌절
내 마음과 네 마음이 같지 않을 때

7
내려놓으면 더 잘 살 수 있을까?

요즘 또래 친구들을 만나면 자연스럽게 커리어에 대한 고민 토로의 장이 열린다. 나는 2011년 겨울에 회사 생활을 시작했고 두 번의 이직을 거쳐 2014년에 퇴사하면서 월급 받는 회사 생활이 끝났다. 퇴사일 즈음에 선배들에게 다른 매체의 자리를 소개 받았지만 고사했다. 탐나는 자리였지만 당장 돈을 버는 일보다 어딘가에 속하지 않고 제3자의 입장에서 객관적으로 커리어에 대해 2~3달 고민하는 게 장기적으로 봤을 때 더 중요하다는 판단에서였다. 취직은 그때 무언가 결정이 되면 할 생각이었다. 커리어가 단절될 게 걱정돼 옮겨 갈 자리를 정해놓고 이직했던 과거와는 확연히 다른 행보였다. 때마침 절대 그럴 일은 없을 것 같던 매체들이 소리 소문 없이 폐간되는 일이 비일비재했고 그로 인해 선배들이 부당한 대우를 받거나 경력과 무관한 부서에 차출되는 모습을 보면서 잡지사로 이직하는 게 두렵기도 했다. 회사 생활 4년 차. 이직, 퇴사, 공부 등 진로에 대해 고민되는 시기에 나는 퇴사를 택했다. 회사 경력을 중요하게 여기는 친구들은 매달 나오는 월급과 안정적인 일자리를 포기한 걸 후회하지 않느냐고 걱정했다. 포기한 것까진 맞지만 후회하지는 않았다. 대신 얻은 게 있었다. 퇴사 전에 계획했던 대로 앞으로의 커리어에 대해 진지하게 생각한 것이다. 잡지 에디터로서의 커리어를 앞으로 계속 이어갈 것인지, 이어간다면 음식, 여행, 리빙 등 어떠한 분야를 전문적으로 개발할 것인지, 그리고 해당 분야의 역량을 매체 소속 에디터와 프리랜서 중 어떠한 자리에서 키울 것인지, 아니면 잡지 에디터 경력을 바탕으로 새로운 분야, 예를 들면 홍보나 기획으로 전직할 것인지까지 폭넓게 알아봤다. 다행히도 주변에 홍보, 기획 분야에서 일하는 친구들이 많아서 업무와 관련된 궁금증을 해결할 수 있었고 그 분야는 나와는 잘 맞지 않다고 결론 내렸다. 이제는 잡지 에디터로서 어떠한 분야의 역량을 강화시킬지에 대한 고민만 남았다. 매체 소속 피처 에디터였지만 내가 하고 싶었던 분야는 고사하고 피처 에디터로서의 기본적인 역량을 보여줄 수 있는 칼럼마저 다양하게 진행하지 못한 게 사실이다. 지금 상황에서는 한 분야에 집중하기보다는 피처 파트를 두루 다뤄볼 필요가 있다. 당장 나의 연차에 해당되는 피처 에디터 공석이 없으므로 채용 공고가 날 때까지 프리랜서로 일하면서 역량을 키워야겠다고 결심했다. 고맙게도 선배들이 일을 많이 맡겼고, 같이 일했던 홍보 담당자나 기획자들이 다른 여러 업체에도 소개해준 덕분에 프리랜서로 꾸준히 커리어를 쌓을 수 있었다. 요리, 여행, 인테리어, 인터뷰 등 매체에 소속되어있을 때보다 더 다양한 분야의 피처 파트 칼럼을 맡고, 디지털 콘텐츠를 제작하는 기회도 잡을 수 있었다. 스스로 내린 결정에 따른 것이었지만 초반에는 매체에 소속되지 않은 탓에 불안했다. 하지만 점점 자신감이 붙으면서 일희일비하지 않고 상황을 좀 더 멀리 보는 여유도 생겼다. 동시에 점점 침체되는 인쇄 매체의 현실을 고려해 콘텐츠 플랫폼 공부를 하며 나만의 콘텐츠 채널을 만들었다.

얼마 전, 대학 친구들 모임에서 한 친구가 회사를 관두겠다고 말했다. 그간의 고충을 너무 잘 알기에, 나를 포함한 다른 친구들도 그 연차에 회사를 관두거나 이직을 해봤기에 "용기 내서 잘 결정했네! 축하해."라며 박수를 쳐줬다. 친구는 그동안 걱정 섞인 반응에 익숙했는지 우리의 호응에 살짝 당황했다. 곧 축하해줘서 고맙다며 미소를 보였다. 그러면서 '경력이 단절되는 걸 막기 위해 이직할 곳을 미리 정해놓아야 하는지'와 '당

분간은 회사에 다니지 않고 잠깐 숨 고르기를 해야 하는지' 등 여러 갈림길 사이에서 갈등이 된다고 말했다. 하지만 지금 당장은 회사에 다니는 것보다 '앞으로 무얼 해서 어떻게 살아갈지'를 고민하는 게 중요하다고 말해주었다. 지금 우리 나이는 다른 분야로 경력을 전환하거나 해보고 싶었던 공부를 시작하기에 좋다. 홀가분하게 오로지 자신만을 위해 고민하고 결정 내릴 수 있는, 어쩌면 살면서 마지막이 될 수도 있는 시기이다. 쉬면서 지금껏 몰랐던 잠재력을 발견한다면 퇴사가 순전히 손해 보는 선택은 아니다. 앞으로의 인생을 더욱 의미 있게 개척하는 원동력이 될 수도 있다.

식물들을 키우면서 하엽이라는 걸 알게 됐다. 새 이파리가 나기 시작하면 가장 먼저 난 이파리가 떨어지는 현상이다. 공급할 수 있는 영양분은 한정되어 있는데 그걸 나눠가져야 할 이파리가 많아지면 이파리 하나당 공급받는 영양분은 줄어들 수밖에 없다. 그렇게 되면 모든 이파리들은 영양이 부족해지고 결국 전부 죽게 된다. 생존을 위해 식물은 가장 최근에 난 큰 이파리는 살리고 가장 먼저 난 작은 이파리는 포기하는, 의도적으로 죽이는 선택을 한다. 하나를 잃고 하나를 얻는 제로섬처럼 보이지만 길게 보면 식물은 이를 통해 생명을 연장하니 그보다 더 큰 가치를 취하는 셈이다. 하나도 잃지 않고 함께 가면 좋겠지만 그런 건 이상 속에나 존재한다. 잃는 것을 통해 무언가를 얻게 될 테니 지나치게 낙심하지 말라고 친구에게 응원의 메시지를 보냈다.

8
너의 속도를 존중하지 못해서 미안해

극락조화를 기른 지 1년이 넘어가는 동안 새 이파리
가 나는 걸 여러 번 봤다. 줄기가 어느 정도 자란 후, 둘
둘 말린 이파리가 펴지고 줄기가 한 번 더 자라서 완전
히 자리를 잡을 때까지 대체로 4주 가량 소요된다. 어
느 날, 기존에 난 이파리 사이로 뾰족하게 새 이파리가
존재감을 드러냈다. 이번에도 어김없이 줄기가 자라고
이파리가 펴지는 과정을 사진으로 남겼다. 그런데 속도
가 이전에 비해 상당히 더뎠다. 어제보다 오늘 더 펴지

긴 했는데 그 정도가 미미했다. '시간이 흐르면 알아서 잘 펴지겠거니'하며 기다리다 4주가 지났다. 전보다 이파리가 느슨해지긴 했지만 아직도 펼쳐지지 않은 부분이 더 많았다. '내가 나서야겠다'며 둘둘 말린 이파리에 손을 댔다. 그러자 이파리가 '스윽'하며 찢어졌다. 그 순간 얼어버렸다.

'아차! 내가 실수했구나!'

바로 후회가 밀려왔다. 내가 왜 그랬을까. 극락조화는 자신만의 속도로 잘 자라고 있는데 왜 쓸데없이 도와주겠다고 나서서 일을 그르쳤을까. 정말 미안했다. 만약 사람이었다면 '지금 내 속도대로 하고 있으니 괜찮다.'며 극구 거절했을 텐데.

식물처럼 사람도 자신만의 속도로 살아간다. 그걸 최근에야 깨달았고 내 삶에 적용시키는 연습을 하고 있다. 프리랜서 초반에는 들쭉날쭉한 수입도 불안했고 포트폴리오를 다양하게 쌓아야 한다는 강박관념에 싸여 하루에 2~3시간 자면서 일주일 내내 일하기도 했다. 하루를 일로 시작해서 일로 끝내니 순전히 나만을 위한 시간은 없었다. 그렇게 3년 가까이 일만 하니 그동안 쌓였던 스트레스가 한순간 폭발해버렸다. 전부터 해왔던 익숙한 일을 하는데도 실수가 잦았다. 몸 이곳저곳이 쑤셨고 오랫동안 앓던 편두통이 악화돼서 책상 앞에 앉아있기조차 힘들었다. 지금처럼 살다간 오랫동안 병원 신세를 질 것 같았다. 나 자신부터 챙길 필요가 있었다. 함께 일해온 담당자와 호흡을 맞추며 쌓아온 경험이 아까웠지만 일을 줄였다. 일주일 중 5일만 할 수 있을 만큼. 5일도 밤을 새는 게 아니라 오전 9~10시에 시작해서 오후 5~6시까지 해도 처리할 수 있을 정도로. 일과 개인 시간을 철저히 분리시키고 정해놓은 시간이 되면 미련 없이 노트북 전원을 껐다. 그리고 틈틈이 스크랩해둔 각종 클래스 정보를 훑어봤다. 코바늘 뜨개질, 플라워 클래스, 에코백 만들기 등 일 때문에 바빠서 당장은 못해도 나중에 시간이 날 때, 배우고 싶었던 것들이다.

그렇게 해서 배우게 된 것이 코바늘 뜨개질이다. 공방에서 기법을 배우고 집으로 돌아와 한 코 한 코 차분히 뜨기 시작했다. 똑같은 방식이 반복되어 지루할 줄 알았는데 오히려 그 점이 매력적이었다. 뜨개질의 진행 속도가 온전히 내 손에 달려있기 때문이다. 빠르게 하고 싶을 땐 빠르게, 천천히 하고 싶을 땐 천천히 해도 문제 되지 않는다. 일할 때는 클라이언트의 의견에 따라야 했고 그가 정한 일정에 나의 속도가 결정됐는데 뜨개질을 하는 동안만큼은 그 누구에게도 컨펌 받을 필요 없이 내 의지대로 할 수 있다. 베란다에서 내가 좋아하는 재즈를 틀어놓고 의자에 편하게 기대앉아 뜨개질을 하고 있으면 나만의 작은 세상이 펼쳐지는 기분이다. 게다가 작품을 4주에 하나 꼴로 완성하니 성취감도 맛볼 수 있다. 주로 하루에 할 일을 다 마치고 뜨개질을 하기 때문에 작업 시간을 더 확보하기 위해 일도 전보다 밀도 있게 하게 됐다.

어떤 친구는 취미 생활을 즐기는 내게 '한창 일해야 할 나이에 여유 부리는 것 아니냐'며 걱정 어린 말을 하기도 한다. 하지만 나는 취미를 통해 나만의 속도가 무엇인지를 깨달았고 더 나아가 앞으로 어떠한 속도로 살아가야 할지에 대해서도 고민할 수 있었다. 한 뿌리에서 나는 식물의 잎도 각자의 영양 상태나 환경에 따라 성장하는 속도가 다른데 하물며 사람이 살아가는 속도가 어떻게 같을 수 있을까? 사람마다 살아온 환경, 성격, 가치관이 다르기 때문에 그 속도 역시 다를 수밖에 없다. '빨리빨리'가 맞는 사람도 있을 것이고 '느긋하게'가 맞는 사람도 있을 것이다. 한쪽이 옳다고 말할 수 없다. 어느 쪽이 되었든 자신에게 맞는 쪽을 택하고 그에 따라 살아가는 것이 현명하다고 생각한다. 만약 그 선택이 틀렸다면 고치면 된다. 내 인생을 내 결정대로 살겠다는데 제3자가 비난할 권리는 없다. 자신만의 속도대로 사는 것의 궁극적인 목표는 삶에 대한 만족감이기 때문이다. 여유를 만끽하다가 다른 사람들의 속도, 특히 속도가 빠른 사람들을 보고 불안감에 휩싸였다면 평정심을 되찾고 나만의 속도를 밀어붙이거나 불안감이 해소될 만큼 속도를 내면 될 일이다. 속도를 늦추고 싶다면 그때 다시 늦춰도 문제 될 것 없다. 식물도, 사람도 나를 행복하게 하는 삶의 속도는 나에게 달려있다.

9
좋은 말로 할 때 잘해줄 걸

식물 못지않게 강아지도 좋아한다. 훌륭한 견주가 될 자신이 없어 기르지 않지만 매주 강아지 행동 교정 프로그램을 빼먹지 않고 챙겨보고 사람들이 SNS에 올린 강아지 사진이나 동영상은 보기도 전에 '좋아요'부터 누른다. 거의 모든 종을 좋아하지만 그중에서도 회사에 다녔던 때부터 내 마음을 사로잡은 리트리버를 정말 좋아한다. 래브라도 리트리버와 골든 리트리버인데 래브라도 리트리버는 일하다가 웃고 싶을 때, 골든 리트리버는 시도 때도 없이 찾아보곤 한다. 최근에는 골든 리트리버에 관심이 늘어나 이것저것 알아보는 재미에 푹 빠졌다. 그러던 중, 골든 리트리버의 성격을 알게 됐고 거부할 수 없는 매력을 느꼈다. 반려견 행동 전문가의 말을 빌리자면 골든 리트리버는 옐로 카드를 100장이나 갖고 있으며, 평소에 그 카드를 몇 장 쓰건 잠을 자고 나면 다시 100장으로 충전된단다. 사람이나 다른 강아지 등으로 인해 기분이 상해도 100번은 견딜 수 있을 만큼이며 자고 나면 기분이 회복된다는 뜻이다. 전세계 애견인들이 인정한 '천사견'답다. 귀여운 외모에 성격은 순둥해서 자연스럽게 열혈 랜선 견주가 되어버렸다.

생각해보니 식물에도 골든 리트리버와 비슷한 종이 있다. 번식력이 강해 잎이 쑥쑥 잘 크고 물만 잘 주면 되기 때문에 식물 초보의 자신감을 북돋워주는 테이블 야자가 그 주인공이다. 이름처럼 테이블 위에 놓아도 될 정도로 아담한 것도 식물 초보인 나에게는 매력적으로 느껴졌다. 이미 테이블 야자에 대해 알고 있던 터라 꽃집에 판매용 테이블 야자를 들여놓자마자 '기회는 이 때다!'라며 냉큼 하나 구입했다. 만약에라도 일어날 수 있는 불상사를 예방하는 차원에서 주의 사항도 재차 확인했다.

때마침 계절도 초여름에 접어들어 베란다 테이블 위에 올려두었다. 다음날 아침, 햇살이 들어오는 테이블 위에 주스와 함께 놓고 사진을 찍으니 정말 예뻤다. 내일도, 모레도 사진을 찍을 생각에 한동안 들뜬 마음으로 아침을 맞이했다. 그런데 언젠가부터 테이블 야자의 이파리 끝이 갈색으로 타들어갔다. 급한 마음에 상한 부분을 떼어냈는데도 이파리가 상하는 속도가 점점 빨라지더니 결국엔 거의 다 시들어버렸다. 남아있는 줄기와 이파리라도 살려내려는 생각에 분갈이를 했지만 이전의 풍성한 모습으로 완벽하게 회복하진 못했다. 이상한 일이다. 분명 잘 자라서 '식물 초보에게 용기를 주는 식물'로 불리는 식물이 테이블 야자라고 했는데 무엇이 문제였을까. 그녀는 내 이야기를 듣더니 단번에 그 이유를 알아맞혔다. 햇볕이 문제였다. 테이블 야자의 '야자'라는 단어가 햇볕이 강한 휴양지의 야자를 연상케 해서 당연히 햇볕에 둬도 되는 줄 알았는데, 이름과 달리 햇볕에 굉장히 예민한 식물이란다. 설명할 때 주의 깊게 들을걸. 후회했지만 이미 엎질러진 물이었다.

그동안 테이블 야자가 보내온 옐로 카드를 무시했다. 제아무리 웬만한 생육 환경에서도 무던히 잘 크는 테이블 야자라도 옐로 카드가 충전될 틈을 주지 않아 이겨내기 힘들었을 터. 테이블 야자가 보내온 경고, 즉 타들어가는 이파리를 보고도 대수롭지 않게 생각한 내 잘못이 크다. 소극적인 대처로 옐로 카드가 충전되지 않고 계속 소진되게 만든 장본인이다.

앙상해진 테이블 야자를 보니 사람 사이의 관계에 대해서도 생각하게 됐다. 평소에 까탈스럽게 행동하는 사람보다 무엇이든 '괜찮다'고 말하는 사람을 더 조심해야 한다는 말이 떠올랐다. 전자는 상대방과 충돌하면 즉각적으로 옐로 카드를 내보여 상황이 악화되는 걸 막지만 후자는 마음속으로만 옐로 카드를 주고 그 정도가 자신이 정한 것을 넘으면 상대방에게 바로 레드 카드를 내보인다. 상대방 입장에서는 옐로 카드를 건너뛰고 레드 카드를 받아 당황스러울 수 있다. 하지만 후자의 입장에서는 그 기준이 일반적인 사람들보다 관대하게 설정되어 있어 충분히 참을 만큼 참았다. 이미 마음속으로 자신만의 옐로 카드를 모두 소진해버렸기 때문에 관계를 회복하기 어려울 수 있다. 상대가 옐로 카드를 많이 갖고 있다 하더라도 늘 조심하고 관심을 기울여야 한다. 옐로 카드를 다 써버린 뒤에 후회하면 늦다. 그게 사람이든 식물이든, 동물이든.

10
근사하지 않아도 훌륭해

박쥐란에 난 초록빛 영양엽이 점점 갈색빛을 띠기 시작했다. 시간이 흐르면서 자연스럽게 나타나는 증상이다. 이때 갈변한 영양엽은 제거하면 안 된다. 새로운 영양엽이 갈변한 영양엽을 덮으면 그때부터 영양엽이 점점 썩으면서 박쥐란에 영양을 공급하기 때문이란다. 시들어서 보기에 안쓰러운 영양엽의 반전이다. 사실 살면서 겉보기에 근사하지 않지만 없어서는 안 되는 것들이 많다.

#1 책

읽을거리, 볼거리를 만드는 직업의 특성상 책을 많이 볼 수밖에 없고 그만큼 많이 산다. 서재에 책장이 3개 있는데 그 중 2개하고도 2분의 1에는 내 책이 꽂혀있다. 성인이 되어서 구입한 책은 물론, 만화 일기나 해리포터 시리즈처럼 초등학생이나 중학생 때 읽었던 책까지 다양하다. 신혼집으로 이사하면서 짐을 쌀 때, 가족들이 "다시 펼쳐보지도 않을 옛날 책들을 왜 힘들게 싸매고 가져가냐."면서 버리라고 회유했지만 그럴 수 없었다. 다시 볼 확률이 낮은 건 사실이지만 책등을 보면 책을 읽었을 당시의 추억이 떠오르기 때문이다. 만화 일기를 버리지 못하는 것도 그러한 이유에서다. 나는 어린이 신문에 연재되던 만화 일기를 오려 공책에 붙여 놓고 모으는 광팬이었고 그 책들은 태어나서 내 용돈으로 산 첫 만화책이었다. 따옥이, 꾸러기, 뚱딴지, 얄숙이, 또복이 총 5권을 샀는데 그 중에서 나는 얼굴이 희고 아기천사 두두를 닮은 또복이를 좋아했다. 살면서 새롭게 알아가고 기억해야 할 일이 많아지고 있다. 그걸 기억하려면 오래된 기억들을 지울 수밖에 없는데 그렇게 지워진 기억들을 회상하게 해주는 것이 바로 책이다. 책이 없다면 그 기억들을 소환해낼 방법이 없다. 새 책을 사면 갖고 있는 헌 책을 버려야 하지만 그럴 수 없는 이유이기도 하다.

#2 굳은살

보기 흉한 굳은살도 시간이 지날수록 빛을 발한다. 연필로 글씨를 쓰기 시작한 이후로 손에 굳은살이 또 한 번 생긴 건 대학교 4학년 2학기에 기타를 배우면서부터다. 기타리스트가 연주하는 걸 봤을 땐 미처 몰랐는데 기타줄을 꽤 세게 눌러야 했다. 게다가 누르는 면적이 너무 넓으면 다른 줄까지 눌리기 때문에 손끝만 사용해야 했다. 고통이 좁은 면적에 집중되고 기타줄이 합금 소재라 손이 아팠다. 그때 기타줄을 누른 손끝에 굳은살이 생겼다. 양옆으로 퍼진 타원형이었는데 기타를 내동댕이치고 싶을 정도로 아팠다. 샤워한 후에 손이 축축해지면 그 부분이 허옇게 들떠서 피부층이 너덜너덜해졌다. 걸리적거리고 지저분해 보여서 손톱깎이로 그 부분을 잘라냈다. 기타를 잡자마자 굳은살의 순기능을 깨달았다. 기타줄로부터 손을 보호하는 단단한 굳은살이 없어지니 고통이 어제보다 훨씬 커졌다. 살점이 떨어져나가는 것 같았다. 급한 마음에 반창고를 붙였지만 힘이 제대로 전달되지 않았고 무엇보다도 반창고가 다른 줄까지 닿아서 소리가 또렷하지 않았다. 최근 기타가 그리워서 다시 연습을 시작했다. 굳은살이 생길락 말락 할 시기에 관뒀기 때문에 지금도 처음 시작할 때처럼 손끝이 아리다. 며칠 참고 연습하니 그때처럼 피부층이 너덜너덜해졌다. 달라진 점이라면 이번에는 잘라내지 않았다는 거다. 대신 굳은살이 자리잡기

만을 기다리고 있다. 그러면 지금보다는 덜 아프게 연주할 수 있겠지?

#3 오랜 친구

나에게는 오래된 친구들이 많다. 낯을 가리고 소심한 성격상 친구를 사귈 때 지나치게 신중해서 그렇다. 흔히 말하는 좁고 깊은 인간관계가 편하다. 그래서 사회에서 새롭게 알게 된 친구들이 많지 않다. 가장 최근에 사귄 친구가 5년 전, 회사에서 만난 이들이다. 이 친구들도 처음 1~2년 동안에는 회사가 아닌 사적인 자리에서 만나는 게 조금 어색했는데 해를 거듭할수록 편해졌다. 각자의 일이 바빠서 얼굴 보는 날이 1년 중 손에 꼽힐 정도로 드문드문해도 만나면 정겹다. 오래될수록 서로를 더 잘 이해하고 형식에 얽매이지 않아서 그런 것 같다. 5년 된 친구도 이 정도니 20년 가까이 된 친구는 말하지 않아도 가늠할 수 있으리라. 오랜 시간 여유를 두고 친분을 쌓으니 상대의 진솔한 모습도 보고, 상대도 나의 모습을 충분히 볼 수 있다. 이건 짧은 시간에 급속도로 친해진 사이에서는 불가능한 일이다. 그래서 한 번 친구가 되면 그 관계를 오래 유지하게 된다. 이러한 성향이 새로운 사람들과 협업하는 직업의 특성과 모순되고 일할 때 걸림돌이 될까 고치려는 노력도 했다. 원래 성격보다 활발한 척 행동하고 말도 많이 했다. 하지만 그럴수록 내가 아닌 것 같았다. 집에 오면 기가 다 빠져서 껍데기만 남은 기분이었다. 결국 포기했다. 지나치게 애쓰지 않아도 일은 문제 없이 진행된다는 걸 깨달았기 때문이다. 그 이후로는 과하지 않을 만큼 한다. 친해지는 속도가 맞지 않는 사람은 나와는 가까워질 인연이 아니라고 생각해 연연하지 않는다. 근사하지 않아도 오래되고 느린 게 소중하다는 걸 알았다.

식물과 성장하는 중

믿고 기다리며 책임질게

1

나 자신, 오늘도 수고 많았다

베란다에서 아무것도 하지 않은 채 멍하니 앉아있는 걸 좋아한다. 남편이 베란다에 목조 타일을 깔고 의자, 테이블을 놓겠다고 했을 때 극구 반대했던 내가 아이러니하게도 그 공간에 가장 애착을 갖고 자주 찾는다. 아침에 커피 마시면서 잠을 깨기에도 좋고 일하다가 잠시 숨 고르기를 할 때도 좋다. 그중에서도 가장 좋은 순간을 꼽으라면 비 오는 날이 아닐까.

겨울을 제외한 계절에는 비가 오면 화분을 베란다로

옮긴다. 창문 앞 바닥에 걸레를 깐 후, 창문을 열고 걸레 위에 화분을 둔다. 이렇게 하면 빗줄기와 식물이 만난다. 이제 내가 가장 좋아하는 시간이 펼쳐진다.

빗방울이 잎 위로 떨어지면서 그 반동으로 줄기가 살짝 일렁이는데 그 모습이 묘하게 중독성을 띤다. 굳이 이유를 분석하자면 빗방울이 떨어질 때마다 일렁이는 형태가 저마다 달라서 그런 것 같다. 어떤 때는 그네처럼 앞뒤로 여러 번 왕복하기도 하고, 어떤 때는 큼직하게 한 번 꿀렁이다가 멈추기도 한다. 그뿐만 아니다. 빗방울이 잎에서 튕겨져 나갈 때도 그 모양이나 형태가 매번 다르다. 분수에서 물이 뿜어져 나오는 것처럼 사방으로 튀기도 하고, 조금 무거운 빗방울은 튀지 않고 잎을 따라 그대로 줄기를 타고 흐른다. 그 모습에 홀린 듯이 구경하다가 내 눈에 튀기도 한다. 계속 보다 보니 잎에 빗방울이 떨어지는 간격도 일정하지 않다. 덕분에 다음 빗방울을 기다리는 내내 기대감이 고조된다. 얼마나 큰 물방울일지, 사방으로 튈지 아니면 얌전할지…

일부 빗방울은 잎 표면에 몽글몽글 맺혀 있다가 다른 빗방울과 합쳐져서 더 커지기도 한다. 이렇게 빗방울의 행적을 쫓다 보면 어느새 30분이나 흘러있다. 일하다가 잠깐 머리를 식히는 시간치고는 짧지 않은 시간이지만 식물의 다채로운 몸짓을 구경하기에는 짧다. 그래서 '이왕 30분 지난 거 1시간 채우고 다시 일해야겠다'는 생각으로 자세를 더 편하게 고친다. '잠깐만'에서 '30분 더'로 휴식 시간이 길어진 덕분에 마음도 훨씬 편안해졌다. 그래서인지 70~80퍼센트만 작동했던 감각들이 하나 둘씩 살아나 100퍼센트 가동되기 시작한다. '톡톡' 하는 소리가 들리기 시작했다. 집에는 나뿐인데 어디에서 나는 소리인지 궁금했다. 귀를 쫑긋 세워 소리의 근원지를 파악하려 했지만 불규칙적으로 나는데다 방심하는 틈에 소리가 나서 실패를 거듭하던 때, 그것이 빗물이 박쥐란의 영양엽에 충돌할 때 나는 소리라는 걸 알아챘다. 다른 잎에 비해 두툼하고 평평해서 소리가 살짝 둔탁했던 것. 박쥐란을 창틀 위로 올려주다가 그 순간을 운 좋게 포착했다. 정체가 너였구나! 때마침 박쥐란과 극락조화에 물 주는 날이기도 해서 호스로 물을 바로 주었다. 비가 와서 평소보다 적게. 그러자 전에는 들어볼 수 없던 2중주가 시작됐다. 맥주 광고에서 모델이 맥주를 마실 때 힘껏 '꿀꺽꿀꺽'하는 소리를 내듯 극락조화에서도 그와 비슷한 소리가 났다. 흙에 물이 스며드는 소리다. 박쥐란에서는 물이 화분 밖으로 빠지면서 졸졸졸 소리를 냈다. '꿀꺽꿀꺽'과 '졸졸졸'에 간혹 들리는 '톡톡', 비 내리는 소리, 비 오는 날 특유의 짙은 흙 냄새가 한데 어우러지니 현실은 도심 속 아파트 베란다이지만 잎이 넓적한 나무들이 우거진 작은 냇가에 와있는 기분이다. "좋다."라는 말이 절로 나왔다. 사람들이 **ASMR**을 듣는 게 이런 이유에서일까? 나도 모르게 의자에서 내려와 바닥에 팔베개를 하고 벌러덩 누웠다. 밑에서 일렁이는 잎을 보니 색다르기도 했지만 그보다도 오늘 하루 종일 나를 괴롭혔던 긴장감과 스트레스로부터 완벽한 해방감이 찾아왔다. 코끝에 닿는 습도 높은 바람도 그 순간만큼은 눅눅하지 않았다. 그렇게 한동안 누워 있었다. 20분쯤 지나서 '이제 일을 시작해볼까?'하며 기분 좋게 일어났다.

그날 이후로 비 오는 날이면 식물과 비와 함께 시간을 보낸다. 빗방울, 바람의 세기 등 그날의 환경에 따라 비슷하면서도 다른 풍경들이 감각을 이완시켜 마음에 평온을 가져다준다. 그러던 어느 날, 이러한 변화가 그저 기분 탓인지 아니면 타당한 근거가 있는 건지 궁금했다. 자료를 찾아봤다. 결과는 놀라웠다. 실제로 식물이 사람의 행복감을 증가시킨다는 연구 결과를 발견한 것. 식물을 곁에 두는 것만으로도 스트레스 호르몬인 코르티솔의 분비가 줄어든다고 한다. 사무실이나 서재에 배치하면 업무에 대한 만족감도 높아지고 육체적으로나 정서적으로나 업무에 더 몰두할 수 있게 해준단다. 더 나아가 삶의 질도 향상시켜주는 선순환을 일으킨다고 하니 놀라울 수밖에. 오호! 이렇게 좋은 경험을 나만 하기엔 아까워 친구들과 가족들에게 식물을 추천하려던 차에 신뢰할 수 있는 연구 결과까지 발견하다니. 나의 말에 힘이 실리게 됐다. 잘 됐다. 크기도 작고 무던해서 책상 위에 두고 기를 수 있는 다육식물, 테이블 야자, 스팔라티움의 특징도 미리 알아두면 완벽하겠다. 그리고 비 오는 날에는 잠깐 창가에 내놓고 짧게라도 그걸 지켜보는 시간을 가져보라고도 말해야겠다. 잎에 빗방울이 톡톡 튀는 소리와 모습이 그날의 스트레스까지 씻어내 줄 테니.

식물과 성장하는 중
믿고 기다리며 책임질게

2
꽃의 세계에 발을 들이다

식물을 기르기 시작하면서 참새가 방앗간 드나들듯 꽃집에 들락거리다 보니 꽃에도 관심이 생겼다. 가끔 플라워 클래스 수강생들이 만든 작품들을 전시해놓은 것을 볼 때도 있는데 꽤 근사했다. 작품에 들어간 꽃 이름부터 만드는 방법 등을 조금씩 알게 되면서 식물과는 또 다른 세상에 호기심이 커갔다. 그러던 중 프렌치 스타일 클래스에 공석이 생겼다는 말을 들었다.

"저, 꽃 배우고 싶어요!"

당장 다음 주부터 출석하기로 했다.

호기롭게 클래스를 듣겠다고 했지만 막상 첫 클래스
가 다가올수록 걱정됐다. 꽃에 대해 아는 게 거의 없었
기 때문이다. 지금까지 나에게 꽃이란 촬영 소품에 지
나지 않았다. 배경 지식이라곤 일하면서 귀동냥으로 들
은 게 전부였다. 미리 알아가야 할 내용이 있는지 물
었다. 테크닉, 꽃 이름 같은 이론이나 참고해야 할 시
안 등. 그런데 답변은 예상과 달랐다. 마리 앙투아네트
가 머물던 침실, 사용하던 소품들, 자주 가던 정원의 모
습을 찾아보라는 것. 전문 자료나 꽃꽂이 관련 동영상
을 추천할 줄 알았는데 '정말 그거면 될까?' 싶었다. 그
이유를 물으니 "우리가 할 클래스가 프렌치 스타일이
거든요. 프랑스 특유의 화려함이 정점에 달했던 시기의
장식을 보면 클래스의 전반적인 콘셉트를 이해하는 데
수월할 거예요."라고 설명해주었다. 찾아보니 클래스에

서 어떠한 스타일의 작품을 만들지 감이 잡히는 듯했다. 하지만 꽃과 직접 관련된 내용이 아닌 것 같아 살짝 불안했다. '그래도 하라는 대로 했으니 내가 할 수 있는 건 전부 했다.'며 스스로를 안심시켰지만 클래스 날짜가 하루하루 가까워지면서 걱정이 커졌다.

대망의 클래스 첫날! 분위기도 익힐 겸 다시 한번 꽃에 관한 무지함을 어필할 겸 클래스 시작 20분 전에 갔다. 테이블에는 핑크와 핫핑크, 피치톤의 꽃들이 포장되어 있었다.

"와, 꽃이 정말 곱고 예쁘네요!"

"그렇죠? 오늘 이 예쁜 꽃들로 로맨틱한 부케를 만들 거예요."라며 클래스에 대한 힌트를 넌지시 던졌다. 긴장도 풀 겸 무언가 해야 할 것만 같았다. 그녀를 도와 포장지를 뜯고 꽃을 꽃병에 담았다. 꽃을 미리 만지니 조금은 진정됐다. 1시 땡! 정말로 클래스가 시작됐다.

오늘 배울 내용은 로맨틱한 프렌치 부케다. 웨딩 잡지에서 일할 때 들은 바로는 프렌치 부케는 꽃의 자연스러운 형태를 극대화한 스타일이다. 그래서 야외 웨딩에 어울린다고도 했다.

> '처음부터 정형화된 스타일이 아닌 예술가 느낌의 부케를 만들다니! 춤도 외워서 하는 것보다 프리 스타일이 어렵다던데…'

하마터면 '망했다.'라는 마음의 소리가 입 밖으로 나올 뻔했다. 걱정된 표정을 읽었는지 그녀는 꽃 이름부터 차근차근 알려주는 눈높이 교육을 시전해주었다. '처음이니 부담 갖지 말라'는 격려와 함께.

설명이 끝난 후 이제는 직접 해볼 차례다! 먼저 컨디셔닝이라는 걸 했다. 줄기에 난 가시와 잎을 제거하고 줄기 끝을 사선으로 다듬는 과정이다. 컨디셔닝을 미리해두면 작업할 때 편할 뿐만 아니라 꽃을 생생하게 유지할 수 있다고 한다. 조금 서툴긴 했지만 몇 번 더 연습하면 같이 듣는 수강생들처럼 빠르게 할 수 있을 것같다. 드디어 다발을 만들 차례다. 오른손을 꽃병이라가정하고 왼손으로 꽃을 들어 오른손에 한 송이씩 쥐어주면 된다. 이때 포인트는 스파이럴을 지키는 것.

'피겨 스케이팅도 아니고 웬 스파이럴?'

갸우뚱하니 또 한번 설명이 긴급 수혈됐다. 오른손에꽃을 쥐어줄 때, 줄기를 한쪽 방향으로 차곡차곡 추가하여 잡는 방식이다. 시계 방향이든 반 시계 방향이든상관없다. 중간에 방향이 바뀌지만 않으면 된다. 이 방식으로 모아진 줄기 다발이 나선형을 이루어서 스파이럴이라고 한단다. 이 과정이 어려웠다. 오른손에 꽃이늘어날수록 꽃들의 간격이 벌어지고 들쭉날쭉해졌기때문이다. 전체적인 형태가 흐트러져서 머릿속으로 그려놓은 부케의 형태에서 점점 멀어졌다. 꽃을 너무 세게 잡아서인지 엄지와 검지 사이가 시큰시큰 저리기까지 했다. 잠시 내려놓고 싶었지만 그러면 처음부터 다시 시작해야 된다. 선생님 설명 따라가랴, 의도치 않은 나와의 싸움까지 하랴 정신이 없었지만 꾸역꾸역 하다 보니 어느새 부케가 완성됐다.

생애 처음 부케를 만들었으니 인증 사진이 빠질 수 없지. 두 손으로 든 포즈, 한 팔로 쭉 뻗어 부케를 든 포즈, 테이블 위에 자연스럽게 놓인 모습, 뒤뜰에 마련된 야외 웨딩 세팅을 배경으로 한 모습 등 장장 1시간에 걸쳐 포토 타임을 가졌다. 전문가의 눈으로 보면 보완할 부분이 많겠지만 중간에 포기하지 않고 완성한 나 자신이 기특했다. 그리고 "처음인데도 스파이럴을 잘했어요!"라는 칭찬에 얼굴도 살짝 상기됐다. 한껏 고조된 기분으로 집에 돌아왔는데, 소파에 앉자마자 온몸에 진이 쫙 빠졌다. 갑자기 허리도 아프고 다리도 쑤시고 목도 뻣뻣해졌다. 소파에서 도저히 일어날 수가 없었다. 꽃 작업이 체력 소모가 크다는 걸 알고는 있었지만 이 정도일 줄은 몰랐다. 첫 클래스를 앞두고 일주일 전부터 쌓여온 긴장이 집에 돌아오자마자 풀린 것도 한몫했다. 이렇게 나의 첫 플라워 클래스는 넉다운으로 마무리되었다.

3

트리만으론 2퍼센트 부족해!

연물이 되면 리빙숍에서 크리스마스 소품을 판매하는데 그중에서도 리스는 벽에 걸어야 하기 때문에 관심이 없었다. 플라워 클래스에서 리스를 만든다고 했을 때도 큰 기대를 하지 않았다. 그런데 "리스가 어떠한 계기로 만들어졌는지 아시죠?"라는 의미심장한 질문을 받았을 때, 비로소 내가 모르는 게 있나 보다 했다. 리스가 크리스마스 소품으로 쓰인 건 최근의 일이라고 한다. 리스는 장례식에서 죽은 사람의 영혼이 사랑하는 사람들 곁에 머물며 액운을 막아주기를 염원하는 데서 만들어지기 시작했다. 또한 리스의 둥근 모양은 시작과 끝이 구별되지 않기 때문에 '영원'으로도 해석된다. 서양에서 집들이 때 리스를 선물하는 것도 여기에서 비롯된 풍습이라고 한다. 그래서 사랑이 영원하기를 바라는 마음에서 신혼 부부에게 리스를 선물하거나 커플들은 리스 아래에서 키스한다고. 멀게만 느껴졌던 리스에 이렇게 많은 사연이 있을 줄이야!

우선 리스를 장식할 리본부터 만들었다. 그녀가 영국에서 즐겨했던 스타일로, 모양은 예쁜데 매듭짓는 게 너무 복잡했다. 다섯 번은 넘게 묶었다 풀었다를 반복하다가 간신히 완성했다. 체감상 리본 묶는 데만 30분은 족히 걸린 듯했다. 우여곡절 끝에 완성한 리본을 둥근 틀의 정중앙에 고정시켰다. 이제 리스의 바탕을 만들 차례! 전나무를 손가락 길이만큼 잘라서 틀에 비스듬히 꽂았다. 포인트는 리스의 동그란 모양은 유지하면서 전나무의 끝을 한 방향으로 향하게 하는 것. 동시에 바깥으로 튀어나오는 전나무의 높낮이를 달리해서 프렌치 스타일 특유의 입체적인 연출도 잊으면 안 된다. 가지 하나 꽂는데 신경 쓸 게 참 많긴 하다. 하나하나 신중하게 작업한 다음, 폭신폭신한 비단향으로 전나무 사이를 채웠다. 이제, 리스 만들기의 마지막 과정인 장식만이 남았다. 자그마한 솔방울처럼 생긴 오리목, 폭신한 흰 눈송이를 닮은 목화, 크리스마스를 대표하는 붉은빛의 낙상홍이 바로 그 주인공들이다. 큼직한 목화를 시작으로 낙상홍, 오리목 순으로 배치했다. 리스의 빈 공간이 채워지니 한층 풍성해진 느낌이다. 화려한 광택이 있는 오너먼트도 활용했다. 색감이 많아지면 산만해질 것 같아 레드와 골드 오너먼트만 골라 적절한 위치에 붙였다. 평소보다 장식 요소가 많아서 한 걸음 뒤에서 전체적인 형태를 확인하기를 반복했고 '더 이상 손대면 과할 것 같아.'라는 생각이 들어 작업을 멈췄다. 과하지 않지만 단출하지도 않은, 딱 내 스타일의 크리스마스 리스가 완성됐다.

오늘 만든 리스는 지금도 예쁘지만 시간이 흘러 건조되면 더욱 멋스러워지는 드라이 리스다. 다 만들어놓고 생각해보니 영원을 기원하는 리스 본연의 의미와도 부합한다. 신기한 점이 하나 더 있다. 지금껏 만들었던 작품들은 나의 소심한 성격을 닮아 왜소하거나 심심해 보였는데 오늘 건 살집이 좀 있고 화려했다. 나뿐만 아니라 클래스를 같이 듣는 학생도 '통통해서 보기 좋다'며 예뻐해 주었다. 전부터 아쉬웠던 부분을 개선한 것을 인정 받은 덕분에 자신감도 훌쩍 커졌다. 다음 단계로 도약할 힘을 얻어서인지 리스를 색다르게 만들 수 있는 여러 방법들이 샘솟았다. 리본을 정중앙에서 살짝 비껴간 2~3시 방향에 걸어 세련되게 연출할 수도 있고, 오너먼트를 더 늘려서 색감을 강조해도 좋을 것 같다. 크리스마스까진 아직 여유가 있으니 재료들을 직접 구입해서 만들어봐야겠다. 우선, 지금 고안해낸 리스 아이디어를 까먹을 수 있으니 노트부터 꺼내 적었다. 여러 가지 생각과 긍정적인 감정을 가져다준 리스. 이 기운

을 이어 받아 집에 행복을 부르고 그 행복이 오랫동안
머물기를 바라며 현관문에 정성 들여 달았다.

Merry Christmas & Happy New Year!

4
꽃과 더 오래 함께하고 싶어서

꽃을 배우기 시작하면서 전보다 꽃에 관심이 많아졌다. 하지만 꽃을 선물할 때는 살짝 망설여진다. 꽃을 배우기 전에도, 배우는 지금도 가지고 있는 꽃에 대한 안타까움 때문이다. 처음에는 예뻐하다가도 언젠가는 내 손으로 버려야 하는 순간이 오는데 그게 지금도 적응이 잘 안 된다. 클래스에서 만든 작품을 집에 가져 오면 그 생명력이 짧게는 1주, 길어 봤자 2주를 넘기지 못한다. 시드는 과정을 지켜보는 것도 마음이 썩 편치 않다. 클래스 시작 전, 한동안 나를 괴롭힌 고충을 얘기했다. 다행히 그녀는 내 마음을 이해해주었고 클래스를 마칠 때마다 그날 쓰인 꽃을 이후에 활용할 수 있는 방법을 알려주었다.

하나는 다른 형태의 작품으로 재탄생시키는 것. 클래스에서 만든 꽃들이 생기가 없어지기 시작하면 과감히 해체하여 상태가 좋지 않은 것은 버리고, 남은 꽃들은 종류, 줄기의 길이에 따라 분류한다. 그렇게 남은 꽃들로 부케를 만들거나 꽃병에 꽂기만 하면 된다. 만약 줄기가 짧은 꽃들이라면 수반이나 높이가 낮은 그릇에 물을 담고 그 위에 꽃을 띄우면 꽤 근사한 센터피스가 된다. 외국에서는 이를 플로팅 플라워라고 부른다. 스툴에 이렇게 완성한 플로팅 플라워를 놓고 옆에 인도풍의 인센스 스틱을 태웠더니 휴양지의 스파에 온 것처럼 마음이 편안해졌다. 줄기가 길고 상태도 양호하다면 꽃병이나 주스병에 꽂기만 해도 인테리어 효과가 극적으로 상승한다. 식탁에 두면 우아한 원테이블 레스토랑에서 식사하는 기분이 든다. 분명 우리 집인데도 꽃 하나로 분위기가 한결 근사해지니 놀라울 따름이다. 게다가 클래스에서 배운 내용을 복습할 수도 있으니 만족도 100퍼센트다.

이렇게 재활용한 꽃도 시들기 마련이다. 절화 보존제나 락스를 넣어서 생명을 연장시켜도 영원할 수는 없다. 마음이 아프지만 또 한번 꽃을 버려야 한다. 이때 선별 기준은 '말렸을 때 형태가 아름다운지'이다. 왜냐고? 그 꽃들을 말려서 드라이 플라워로 활용할 계획이기 때문이다. 꽃에서 수분이 빠질 경우, 꽃잎이 힘 없이 우수수 떨어지거나 바스러진다면 적합하지 않다. 참고로 천일홍, 골든볼, 스프레이 장미, 목화, 수국, 미모사, 스타티스 등은 말렸을 때 색감과 형태가 잘 유지되어 생화 못지않게 아름답다. 꽃을 선별했다면 줄기에 붙어 있는 이파리와 시들시들한 꽃잎을 모두 떼어낸다. 그런 후 꽃의 얼굴이 서로 닿지 않게 주의하여 모으고 고무줄로 줄기를 묶어 꽃의 얼굴이 바닥을 향하도록 걸어둔다. 이왕이면 건조하고 통풍이 잘 되는 곳이 좋다. 꽃이 마르기까지 짧게는 1주, 길게는 2달 걸리고 매주 그 상태를 확인한다. 파삭하다 싶은 느낌이 들면 드라이 플라워로서 새 생명을 얻었다는 신호다. 생화와 식물에서는 활기가 느껴졌다면 드라이 플라워에서는 아련한 시간의 흔적이 느껴진다. 그래서인지 좀 더 정감이 간다. 생화가 부담스러운 사람이나 식물을 죽이기 일쑤인 사람에게 선물하기에도 제격이다. 매일 물을 바꿔주는 수고도, 시드는 모습을 안타깝게 지켜볼 일도 없으니 말이다.

뿌듯함도 잠시, 실수로 부러뜨린 드라이 플라워들에게도 새 생명을 줘야 한다. 줄기의 상한 부분을 자르니 한 뼘이 채 되지 않았다. 짧아서 꽃병에 꽂아두기에도 애매하다. 일부는 테라리엄에 꽂아두었다. 물이 닿으면 안 되니 식물이 심어진 쪽에서 멀리 떨어진 쪽인 토토로 옆에 자리를 잡았다. 전보다 생동감이 돈다. 하지만 아직도 몇 송이 남았다. 머리를 써야 한다. 그러던 중 얼마 전 문구점에서 본 엽서가 생각났다. 복잡하지 않다. 두툼한 종이를 원하는 크기로 자른 후, 드라이 플라워를 붙이고 남는 공간에 메시지를 적기만 하면 된다. 드라이 플라워가 망가질 수 있고 이미 그 자체만으로도 예뻐서 봉투에 넣지 않아도 될 것 같다. 나는 이걸 액자에 끼워 화장대 위에 올려놓았다. 아무것도 없는 화장대 위에 '그림 한 점 놨으면 좋겠다' 싶었는데 지금 상황에 이 드라이 플라워 액자가 제격이다. 손재주는 꽝이라서 완성품에 항상 아쉬움이 남았는데 이건 워낙 간단해서 계획한 대로 한번에 완성했다. 버려지는 꽃에서 느낀 안타까움이 또 다른 창작 활동으로 승화될 줄이야! 이제 안타까움은 그만. 즐거움이 쭉 이어질 것만 같다.

5
여행 중에도 온통 네 생각뿐

여행지에 가면 멍하니 있는 시간을 꼭 갖는다. 일정이 빡빡하건 느슨하건 간에 일정이 있다는 것만으로도 은연중에 심리적으로 압박이 되고 그렇게 되면 쫓기는 듯한 기분이 들기 때문이다. 그래서 일정과 일정 사이에 짧게는 1시간, 길게는 2시간 정도 비워두고 그때는 아무것도 하지 않는다. 카페 창가에 앉아 커피를 홀짝홀짝 마시며 사람들을 구경하거나 숙소로 돌아와 창 밖 풍경을 본다.

홍콩에 처음 갔을 때였다. 그땐 '헉' 소리가 날 정도로 높은 초고층 아파트 창에 빨래를 널어놓은 모습이 낯설고 너무 충격적이었다. 통풍이 잘 되고 볕이 좋은 곳에 빨래를 너는 건 지극히 당연한 일이지만 바람 부는 대로 흔들리는 빨래들이 떨어지지는 않을까 불안했다. 최근에 홍콩에 또 가서 본 그 풍경은 여전히 낯설었지만 그보다 더 낯선 풍경이 눈에 들어왔다. 소호에 위치한 **PMQ** 근처 벤치에 앉아 쉬면서 건너편 아파트를 봤는데 아이비로 보이는 덩굴과 식물 화분들이 가득한 베란다에서 할아버지 한 분이 머그컵 안의 무언가를 마시며 먼 산을 바라보고 있었다. 스펙타클하기보다는 평범한 쪽에 가깝다. 낯설었던 건 전세계적으로 집값이 비싸기로 유명한 홍콩에서 베란다를 실생활에 밀접한 용도, 예를 들면 빨래를 널거나 살림살이를 보관하는 데 쓰지 않고 휴식을 위한 공간으로 활용하는 모습을 처음 봤기 때문이다. 게다가 이름난 부촌이 아닌 평범한 시민들이 거주하는 동네에서 이러한 여유로운 풍경을 마주하게 될 거라곤 상상도 못했다. 그러면서 베란다에서 종종 한숨 돌리던 내 모습이 떠올라 '사람 사는 건 어딜 가나 다 똑같구나' 싶었다. 정해놓은 휴식 시간이 끝나서 자리에서 일어나 다시 걷기 시작했는데, 발바닥이 여전히 뻐근했다. 마사지 생각이 간절했다. 어차피 쉬는 거 제대로 쉬자는 생각에 마사지를 받기로 했다. 그 와중에도 좀 더 저렴한 숍을 찾겠다며 골목을 비집고 들어가 으슥한 길을 따라 굽이굽이 들어갔다. 그런데 예상치 못한 공간을 또 발견했다. 나무들이 심어져 있고 곳곳에는 벤치가 놓인, 우리나라로 치면 근린 공원이었다. 빌딩 숲 안에 이런 평온한 공원이 꼭꼭 숨겨져 있었다니! 비록 근처 회사원들의 흡연 구역으로 더 인기가 좋아 보였지만 이런 녹지는 처음 본다. 각박한 도시 생활에서 식물이 있는 공간의 의미를 다시금 깨달았다.

바르셀로나 여행에서도 비슷한 경험을 했다. 현재 바르셀로나의 도시 형태는 150여 년 전, 건축가 일데폰스

세르다에 의해 고안되었다고 한다. 옛 성곽이 무너지고 도시가 확장되기 시작하자 세르다는 도시가 무분별하게 개발되는 것을 막기 위해 모든 건물의 앞면을 일직선으로 맞추고 신시가지를 정사각형의 구획으로 나누었다. 이 구획을 에이샴플라라고 부르고, 이 에이샴플라는 600여 개의 만사나로 이루어진다. 만사나는 한 변이 113미터인 정상각형 블록으로, 여기에는 건물들이 가운데를 비워둔 'ㅁ'자 구조로 배열되어 있다. 주목해야 할 부분은 가운데 비워진 공간! 바로 나무를 심어 공용 정원으로 조성하기 위해 남겨둔 것이다. 숙소 베란다에서 이 공원을 봤을 때, 호텔에서 외부 조경 차원에서 만든 건 줄 알았는데 그게 아니었다. 바람 따라 잎이 사부작사부작 부대끼며 나는 소리로 아침을 시작했던 그때, 사람들이 주택을 지을 때 집 한가운데에 나무를 심거나 자그마한 조경을 만드는 이유를 실감했다. 그리고 실현되기는 어렵겠지만 나 역시도 집을 짓게 된다면 그러한 공간을 꼭 만들어야겠다고 생각했다.

우리 부부는 계획한 건 아닌데 매년 11월에 제주도로 여행을 간다. 섬에 왔으니 바다를 실컷 보자며 해안 도로를 따라 드라이브하는 게 유일한 일정인데 최근 여기에 숲 방문도 추가되었다. 제주도는 고도마다, 지역마다 분포하는 식물군이 다채롭기로 유명한 섬이기도 하다. 기후도 육지와 다르기 때문에 서울에서 보기 힘든 식물들도 자생한다.

일정이 추가된 후, 처음으로 간 곳은 사려니숲. 바다 쪽 명소가 아니라서 늘 우선순위에서 밀리고 밀려서 결국엔 텔레비전이나 사진을 통해 봤던 곳이다. 숲에 들어서자 하늘 끝까지 솟은 듬직한 나무들에 한 번, 그 나무들로 빼곡한 광경에 또 한 번 감탄했다. 영화 〈반지의 제왕〉을 봤을 때 느꼈던 숲속 특유의 신비로운 기운까지 더해져 시공간을 초월한 세계에 들어온 것 같았다. 그 분위기에 취해 걷다가 나무 한 그루를 자세히 들여다봤다. 내가 태어나기 훨씬 전부터 겪었을 세월의 풍파를 꿋꿋이 이겨냈을 모습이 떠올랐고 그 의연한 자태에 감동 받았다. 그리고 숲에 대한 경외감이 온몸을 휘감았다. 지금 나를 괴롭게 하는 것들이 하찮아졌다. 꼿꼿하게 하늘을 향한 나무들을 가로지르며 쓰러진 나무도 있었다. 들뜬 기분이 차츰 가라앉았다. 경건한 마음으로 그 앞을 지났다. 특별한 이유도 없었고 '이렇게 해야겠다'라고 생각해서 한 행동이 아니었다. 돌이켜보면 처음 보는 나무지만 차분한 마음으로 그동안 살아온 세월을 위로하고 싶었나 보다. 사려니숲에서의 잊지 못할 시간을 계기로 일상적으로 만나는 식물들이 소중하면서도 위대해 보이기 시작했다. 식물을 삶의 동반자를 넘어 존중의 대상으로까지 생각하게 됐다. 눈에 띄는 큰 업적을 세우지 않아도 내 앞에 놓인 시련을 꼿꼿이 이겨낸 것만으로도 충분히 기특하다고 스스로를 위로했다.

6
부케를 이제야 알았어요

플라워 클래스에서 부케와 부토니에를 만들기로 했다. 나름 웨딩 잡지에서 일한 경력 덕분에 둘 다 낯설지 않았지만 부토니에의 유래는 오늘에서야 알게 됐다. 부토니에는 남성이 여성에게 프러포즈할 때 부케를 건네면 여성이 승낙의 의미로 부케 속의 꽃 한두 송이를 빼서 남성의 재킷 주머니에 꽂아주는 데서 비롯되었다고 한다. 그런데 요즘에는 그 의미가 희미해졌다. 프러포즈할 때 부케를 선물하는 경우도 드물고 부케가 있어도 이렇게 잘 하지 않는 편이다. 부토니에는 대개 결혼식 당일이 되어서야 등장한다. 그러한 까닭에 플로리스트나 결혼 당사자들 사이에서는 부토니에를 두고 우스갯소리로 부케 만들고 남는 꽃으로 만든 남성용 코르사주라고도 한단다. 설명을 마친 후, 시연이 시작하려던 찰나 궁금증 하나가 불쑥 튀어나왔다.

'부케와 꽃다발은 어떻게 다른 거지?'

곧바로 질문했다. 포장 요소의 유무로 보면 이해하기 쉽다는 설명이 이어졌다. 부케는 온전히 꽃으로만 구성되고 그렇기 때문에 꽃의 상태와 핸드 타이드 기술 모두 좋아야 한다. 반면 꽃다발은 포장지, 리본 등 장식적인 요소가 추가된다. 부케에 쓰이는 꽃보다 상태가 한두 단계 낮거나 핸드 타이드 기술이 뛰어나지 않아도 장식적인 요소로 보완할 수 있다는 뜻이다. 듣고 보니 지금껏 봐왔던 신부의 부케들은 일반적인 꽃다발에 비해 아담하고 눈에 띌 만한 장식적인 요소도 없었다. 다만, 꽃의 얼굴만큼은 탐스러웠던 것 같다.

클래스를 들으면서 자연스럽게 결혼식 때 들었던 부케 이야기가 나왔다. 내 부케는 부바르디아로 만들어졌다. 화보 진행하던 습관대로 담당 플로리스트에게 내가 입을 드레스와 예식장의 사진을 보여주고 원하는 부케 스타일을 설명해주었다. 그 스타일은 거창하지 않았다. 예식장에는 자연광이 환하게 들어오고 내부에 장식되는 꽃들이 전부 하얀색이었다. 드레스는 몸을 따라 얌전하게 흐르는 A라인이었다. 부케는 하얀색의 수수한 스타일이면 됐다. 다만 꽃들이 정돈된 느낌보다는 꽃 자체의 자연스러움이 묻어나면 좋겠다고 말했다. 다행히 그녀도 나와 생각이 같았다. 당시에는 꽃에 대해 아는 게 없어서 꽃의 종류를 비롯한 전문적인 부분은 그녀에게 전적으로 맡겼다. 그녀는 하얀색 부바르디아를 추천했다. 올망졸망한 꽃이 마치 반짝이는 별 같았다. 마음에 쏙 들었다. 꽃말은 '나는 당신의 포로가 되었습

니다'로 고개가 살짝 갸우뚱했지만 그걸 만회할 정도로
예뻤다. 드레스와도 예식장에도 잘 어울렸다. 실제로
결혼식 당일, 부케에 쓰인 꽃이 무엇인지 물어보는 하
객들이 꽤 있어서 어깨가 으쓱했다.

　재작년 고등학교 친구가 결혼한다는 소식을 전했다.
축하해줄 겸 청첩장도 받을 겸 오랜만에 만나 식사했
다. 결혼 준비에 대한 이야기를 나누던 중, 친구는 부
케를 골라야 하는데 어떤 게 좋을지 모르겠다며 나에
게 봐달라고 했다. 처음에 보여준 사진은 은은한 아이
보리색이 감도는 라넌큘러스 부케, 두 번째로 보여준
사진은 진한 핑크색과 아이보리색 장미가 섞인 부케였
다. 둘 다 공처럼 동그랗게 정돈된 형태였다. 친구가 입
을 드레스는 벨라인으로 아래로 갈수록 라인이 풍성해
지는 디자인이라 일단 그 형태는 합격이었다. 꽃의 높
낮이가 강조된 프렌치 스타일 부케는 산만해보일 수 있
기 때문이다. 골라야 하는 건 색감이었다. 친구가 예식
을 올릴 장소를 찾아봤다. 식장 분위기를 파악하기 위

해서였다. 예식은 성당 예배당에서 진행되며 내가 식을 올렸던 곳처럼 자연광이 들어오고 조명도 전체적으로 밝았다. 예배당은 하얀색과 아이보리색 위주의 꽃으로 꾸며졌고 신부대기실은 예배당에 쓰인 색감과 같은 꽃들이 주를 이루었고 곳곳에 핑크색 꽃이 장식됐다. 길게 고민할 필요 없이 아이보리색 라넌큘러스 부케를 추천했다. 예배당과 신부대기실 두 곳 모두와 잘 어울리고 단정한 인상의 친구를 돋보이게 해준다. 예배당에서 핑크색이 섞인 부케를 들면 하객들의 시선이 신부가 아닌 부케로 향할 것 같다. 결혼식의 주인공인 신부가 부케에 밀리는 일은 있어서는 안 된다. 게다가 핑크색이 섞인 부케의 경우, 사진으로 보는 톤과 결혼식 당일 보게 될 톤이 서로 다를 수 있다. 사진으로는 파스텔 핑크였는데 결혼식 당일에 핫 핑크가 배달되기라도 하면? 그 톤이 신부대기실에 장식된 핑크색 꽃과 조화로울지도 장담할 수 없다. 공들여 준비한 결혼식을 부케 하나로 망칠 순 없다. 결혼식날에는 변수를 줄이는 것이 상

책이다. 여러 가지 이유로 핑크색 장미가 섞인 부케는 탈락됐다. 게다가 라넌큘러스는 '매력'을 의미한다고도 하니 결혼하는 신부에게도 제격이다. 당연히 행복한 순간을 앞두고 환하게 웃는 친구의 얼굴이 라넌큘러스보다도 아름답겠지만 말이다.

7
너희들이 있어 계절이 반가워

지금까지 계절의 변화를 실감하게 만드는 건 날씨와 그에 따른 옷차림이었다. 통풍이 잘 되는 민소매 상의에 에어컨이 가동되는 실내에서 걸칠 얇은 카디건이 필요한 여름, 아침저녁에는 쌀쌀해서 밖에서는 스카프를 두르고 낮에는 외투까지 벗는 일교차 큰 가을 등 옷장 앞에 서서 날씨 변화에 대비하여 옷을 고를 때 계절이 변하는 게 피부에 와닿는다. 식물을 기르고 꽃을 배우면서 일상에서 계절감을 느낄 수 있는 상황들이 많아졌다.

아파트 단지에 피는 개나리와 진달래, 목련이 봄의 시작을 알리는 존재들이었다. 최근에는 거리뿐만 아니라 카페에서도 봄이 왔음을 느낀다. 바로 벚꽃이다. '여의도가 아니고 카페에서?'라며 의아해할 수 있다. 봄이 되면 카페에서 벚꽃을 테마로 한 다양한 음료와 디저트가 출시된다. 여의도에 벚꽃이 피는 시기보다 카페에서 벚꽃 메뉴를 출시하는 시기가 빠르고 여의도보다 카페를 더 자주 가니 한 해의 벚꽃을 카페에서 처음 만나서 봄이 끝날 때까지 계속 보는 셈이다. 단맛을 선호하지 않아 평소에는 아메리카노를 마시지만 벚꽃 라테만큼은 꼭 맛보는 것도 이러한 이유다. 입안에 은은하게 퍼지는 벚꽃향과 달콤한 화이트 초콜릿이 꽃샘추위를 사르르 녹여버린다. 마시기 전 인증 사진은 필수! 늘 마시던 아메리카노는 칙칙한 색감 때문에 음료보다 컵이 더 잘 보이도록 찍는다. 그래서 컵이 예쁘지 않으면 잘 찍지 않는다. 그런데 벚꽃 라테는 아메리카노에 없는 사랑스러운 기운을 한껏 머금고 있다. 사진을 찍으면서도 즐겁지만 보면 볼수록, 한 모금씩 마실수록 기분이 좋아진다. 살아있는 꽃을 봤을 때와는 또 다른 반가움과 설렘을 선사한다.

#2 여름

숨이 턱턱 막히는 폭염이 기승을 부렸던 지난 여름, 플라워 클래스에도 비상이 걸렸다. 날씨 탓에 꽃들이 예년보다 성장 상태가 썩 좋지 않았다. 뉴스에서는 농작물 피해를 중심으로 보도해서 잘 몰랐는데 꽃도 더위에 취약한 걸 이제야 알았다. 꽃의 얼굴도 작고 손에 전해지는 탄력도 시원치 않다. 탐스러운 부케를 만들어야 하는데 장미의 얼굴이 작아 아쉬운 적도 있었다. 식물들도 비상이었다. 테이블 야자는 저녁에 물을 준 후, 곧

바로 실내 그늘로 들여놓아야 했다. 원래는 물이 절반 정도 마르면 들여놓는데 마르는 동안에도 더위에 노출돼 지칠 수 있기 때문이다. 가끔 실내로 들이는 걸 깜빡하고 다음날 아침까지 방치한 적도 있어서 더욱 조심했다. 우리 집은 아침에 해가 쨍쨍하게 들어오는 터라 이렇게 되면 이파리가 타들어간다. 이처럼 폭염에 비실대는 꽃과 식물을 보니 안타까우면서도 한편으로는 더운 열대 지방 출신의 다육식물들에 애정이 간다. 때마침 남편이 수염 틸란드시아를 데려와서 기르기 시작했고 전에 만들었던 테라리엄 소품을 정리하면서 생긴 여유 공간에 식물 하나를 더 심었다. 투명한 유리에 물을 채워 식물을 기르는 수경 재배도 눈길이 갔지만 몬스테라와의 안 좋은 추억에서 벗어날 때까지는 참기로 했다.

가을이 되면 빈티지한 감성에 빠진다. 뜨개질 클래스에서도 베이지, 브라운, 오렌지 계열 색감 위주로 만든 인디언 인형을 만들었고 화보를 진행할 때도 가을에는 베이지와 브라운 계열의 톤으로 콘셉트를 잡는다. 꽃을 써야 할 때도 드라이 플라워나 옐로, 오렌지 계열에 손이 갔다. 그렇게 빈티지 감성이 고조될 때쯤 플라워 클래스를 계기로 정점을 찍은 일이 있었다. 베지털 부케를 만들 때였다. 베지털 부케의 핵심은 기존 부케보다 소재를 많이 사용하여 마치 정원에서 방금 막 뽑아서 다듬어지지 않은 꽃들로 만든 듯한 자연스러운 느낌을 내는 것. 이때 사용한 실거베라가 잊지 못할 가을의 빈티지 감성을 완성시켜주었다. 옐로와 오렌지의 중간쯤 되는 색감과 신경질적으로 난 뾰족뾰족한 꽃잎이 굉장히 인상적이었다. 강렬한 색감에 강렬한 형태까지 가세한, 흔히 말하는 '센 캐릭터' 느낌의 꽃인데 평소 내가 선호하는 빈티지 감성과 결이 다른 매력에 급속도로 이끌렸다. 지금까지 추구했던 빈티지 감성이 무난했다면 실거베라를 만나고 나서부터는 좀 더 세련돼졌달까? 누군가 가을의 꽃이 무엇이냐고 물어본다면 단연 '실거베라!'라고 말할 거다.

#4 겨울

길거리에 앙상한 나무뿐이다. 집에 들어와서야 초록색 싱그러운 잎을 만날 수 있다. 몸과 마음이 추위에 쫓길 땐 사람들에게 풍요로운 기운을 베풀고 싶어진다. 가족들에게 플라워 클래스에서 배운 실력을 발휘해 리스를 직접 만들어 선물하기로 했다. 재료 구성은 클래스에서 배운 것과 동일하되 따스해 보이고 부피감을 표현할 목화는 조금 늘렸다. 꽃을 하는 사람들 사이에서는 꽃 작품에는 만든 사람 성격이 그대로 드러난다는 말이 있는

데 나의 경우, 다른 수강생들 것과 나란히 놓고 보면 조금 왜소하다. 소심해서 그런 것 같다. 그래서 이번에는 리스의 몸집에 더욱 신경을 썼다. 겨울에 피는 붉은 동백꽃이 떠올라 같은 색감의 소품도 적절히 섞었다. 완성하고 보니 다행히도 보기 좋게 살집이 올랐다. 리스를 받고 좋아할 가족들 얼굴이 떠올라 벌써부터 들뜬다. 크리스마스나 연말이면 주변 사람들에게 챙겨줄 방법이 마땅치 않아 아쉬움이 남았는데 이제는 리스를 만들며 나뿐만 아니라 다른 사람에게도 훈훈한 기운을 전할 수 있게 되었다.

8
공기를 깨끗하게 해준다고?

식물을 기른다고 했을 때 "식물이 미세먼지를 먹는다면서요?"라는 말을 종종 들었다. 공기 정화를 목적으로 식물을 들인 게 아니라 정확히는 몰랐다. 어설프게 아는 척하기는 민망해서 "아, 네. 저도 들었어요."라며 넘긴다. 최근 들어 미세먼지 경보가 내려지는 날이 많아지고 신문이나 방송에서도 식물의 공기 정화 능력에 대한 내용을 다루는 빈도 역시 증가했다. 미세먼지 때문에 창문도 열지 못하고 외출마저 꺼려지는 등 일상의 당연한 것들에 제약이 생기면서 제대로 알고 싶어졌다. 공기청정기가 있는데도 그 효과는 아직 믿음이 가지 않는다. 가전제품 내 각종 유해 화학물질도 불안하다.

식물이 정말 공기를 깨끗하게 해줄까? 그렇다면 실내 공기를 식물에 맡겨도 될까? 자료를 찾아봤다. 그 효과를 의심하는 사람이 나뿐만이 아니었나 보다. 인터넷에 내가 했던 것과 비슷한 질문들이 수두룩했다. 국내 한 농촌 분야 연구소의 발표 자료를 찾을 수 있었다. 그 자료에 따르면 식물은 3단계를 거쳐 미세먼지를 제거한단다. 식물의 부위에 따라 구분된 것으로 1단계에서는 잎 표면의 끈적끈적한 왁스층이나 잎 뒷면의 털에 미세먼지가 붙으면 기공을 통해 흡수된다. 이 기공의 크기는 20마이크로미터로 10마이크로미터의 미세먼지나 2.5마이크로미터의 초미세먼지까지도 흡수할수 있다. 잎에서 미세먼지의 흡수가 이루어진 다음, 2단계에서는 대사 작용에 의해 미세먼지가 뿌리로 이동하고 이것이 마지막 3단계에서 뿌리 근처에 서식하는 미생물의 먹이가 돼 최종적으로 분해된다. 실제로 식물을 이용한 실험도 이루어졌다. 미세먼지를 투입한 빈 방에 식물을 놓고 4시간 뒤 미세먼지의 양을 측정했는데 산호수의 경우, 최대 70퍼센트 감소 효과를 냈다고 한다. 행잉플랜트로 인기가 좋은 틸란드시아도 미세먼지를 제거하는 효과가 뛰어났으며 그중에서도 수염 틸란드시아가 탁월한 것으로 나타났다. 시원시원한 생김새 덕분에 여름철이면 인기가 올라가는 아레카 야자 역시 미세먼지 제거율이 높다.

하지만 또 한 번 의구심이 든다. 생명공학 전공 실험 과목에서 이론과 현실 사이에서 어마어마한 오차율을 경험했기 때문이다. 화장품을 구입할 때도 주름 개선, 미백 등 기능성 제품의 효능을 기대하지 않게 된 것도 그때부터였다. 실험실처럼 외부 요인이 제한되고 완벽한 조건에서 이루어진 실험 결과와 내가 살고 있는 실생활에는 괴리가 있다. 자료를 더 찾아보니 실제 집일 경우에는 3.3제곱미터당 식물 1개를 놓으면 미세먼지 제거 효과를 볼 수 있다고 한다. 만약 19.8제곱미터 크기의 거실이라면 작은 식물은 10~11개, 큰 식물은 3~4개 정도 적합하다고. 흙에서 사는 미생물이 미세먼지를 최종적으로 분해하므로 식물은 수경 재배보다는 토양 재배가 좋다.

흥미로운 내용도 추가로 발견했다. 식물의 종류에 따라 흡수하는 오염 물질의 종류와 흡수 방법에 조금씩 차이가 있기 때문에 공간 특성을 고려해 식물을 배치하면 미세먼지 제거 효과를 조금 더 상승시킬 수 있다는 것. 베란다처럼 햇볕이 잘 드는 곳에는 허브류나 팔손이나무를, 집에서 가장 넓은 면적을 차지하는 거실에는 공기 정화 능력은 물론, 인테리어 효과도 우수한 아레카 야자, 인도 고무나무 등의 관엽식물이 적합하다. 관엽식물은 증산 효과도 활발해 천연 가습기로써 공기를 쾌적하게 유지하기에 더없이 좋다. 하루 동안 쌓인 피로를 풀고 휴식을 취하는 침실에는 다육식물이 제격이다. 다육식물은 특히, 밤에 이산화탄소 흡수율이 뛰어

나기 때문에 기분 좋게 잠에서 깨어날 수 있게 해준다. 두뇌 활동이 이루어지는 서재에는 음이온이 많이 발생하는 스파티필름이 좋다고 한다. 스파티필름은 까다롭지 않아서 회사에 다니는 친구들에게 책상에서 기르기에 수월하다고 추천했는데, 명분이 하나 더 생겼다. 자료를 읽고 나서 거실에 밀집되어 있는 식물들을 분산시켰다. 거실 그늘에 놓아둔 다육식물과 테라리엄은 침실로, 스파티필름은 서재 책상으로 이동했다. 아직은 식물을 옮긴 지 얼마 되지 않아 그 효과를 체감할 순 없지만 이 작은 식물이 건강까지 지켜준다는 사실만으로도 충분히 든든하다.

9

내 새끼들 잘 있었어?

　1년에 두세 번은 지방 출장을 간다. 대부분 첫날 아침 5~6시에 집을 나서서 다음 날 밤 12시가 넘어서 집에 도착하는 꽉 찬 1박 2일 일정이다. 이때 식물들에게 물 주는 날짜가 겹치면 마음 한구석이 찝찝하다. 하루 정도 앞당기거나 미루지 못할 때 특히 그렇다. 어쩔 수 없이 남편에게 부탁한다. 평소에는 믿음직스러운 사람인데 이상하게도 이때만큼은 조금 못 미덥다. 식물마다 물 주는 방식이나 물 주는 양을 메모해두고 신경을 써달라고 신신당부를 해도 시원치 않다.

　지난 부산 출장에서도 마찬가지였다. 첫날 일정을 마치고 숙소에 들어와 밤 10시쯤 남편에게 물을 줬는지 확인 차 연락했다.

　　"조금 전에 물 줬어."

　답장이 왔지만 내가 메모해둔 대로, 극락조화는 식물을 중심으로 원을 그리듯이 골고루 물을 줬는지, 몬스테라는 한차례 물을 준 후 그 물이 빠진 걸 확인하고 나서 물을 추가로 한 번 더 줬는지, 귀찮다고 한꺼번에 많은 양을 들이부은 건 아닌지, 테이블 야자는 무성하게 난 잎을 들춰가며 물뿌리개로 구석구석 흠뻑 줬는지 그리고 타들어간 잎은 정리했는지 등 마음에 걸리는 사항이 이만저만 아니다. 그렇다고 해서 물주는 모습을 동영상으로 찍어서 보내라고 할 수도 없는 노릇. 다음날 집으로 돌아와 식물을 살펴보니 다행히도 아무런 문제가 없었다.

그런데 최근 우려했던 일이 발생하고 말았다. 혼자 일주일 동안 여행을 떠난 봄이었다. 그때도 물주는 방법을 정리해서 냉장고에 붙여놨다. 여행 3~4일차까지 물을 제대로 줬는지 매일 확인했는데 '잔소리가 너무 심한가?' 싶어서 일부러 그 말만 빼고 식사는 잘 챙겨 먹었는지, 별일은 없는지 등의 안부만 전했다. 알려준 대로 잘 했겠거니 믿으면서 마음 편히 여행을 즐겼다. 여행의 감동에 취한 채로 집에 돌아오자마자 가슴이 철렁했다. 테이블 야자의 이파리 일부가 손상된 것이다. 남편에게 물을 주고 햇볕을 피해 그늘로 옮겼는지, 물을 충분히 줬는지 등을 물었다. 남편은 알려준 그대로 했다며 억울함을 토로했다. 한동안 남편에게 잔소리하며 온갖 신경질을 내고 책임을 탓하다가 곧 '이제 와서 그게 무슨 의미인가' 싶었다. 이유가 어찌 됐든 보호자인 나의 불찰이다. 흥분을 가라앉히고 지금이라도 살릴 수 있는 잎은 살려야 했다.

얼마 전, 어린 자녀가 있는 실장님들과 프로젝트를 시작했다. 쉬는 시간이면 자연스럽게 아이들 이야기가 나오는데 듣다 보면 참 아이러니하다. 육아 도우미를 고용하자니 남의 손에 자녀를 맡기는 게 마음이 썩 편하지 않다는 것이다. 정성을 다해도 어쨌든 가족만 못하다고. 뉴스에 종종 나오는 어린이집 아동 학대 문제 등을 볼 때마다 내 아이가 걱정되고 심할 때는 하루 종일 일이 손에 잡히지 않는단다. 남편에게 식물들을 맡기고 못마땅하게 여겼던 나도 일부분 공감했다. 사람과 식물을 동등한 위치에 놓고 비교하는 게 우스울 수도 있지만 생명체를 책임진 보호자의 입장에서 보면 크게 다른 점은 없으리라. 식물이 나에게 특별한 거지 다른 사람에게도 그런 건 아니다. 나만큼 애정을 쏟지 못하는 것도 당연하다. 최선을 다한다고 해도 그 최대치가 나보다 낮을 수 있다. 어쩌면 남편도 그랬을 거다. 물 주고 가꾸는 모습을 옆에서 지켜만 봤지 직접 해본 적이 없었다. 그러니 얼마나 정성을 들여야 하는지 감이 안 잡혔을 터. 시간이 많이 흐른 지금 다시 생각해보니 남편에게 화가 잔뜩 난 목소리로 따진 게 미안하다.

그렇다면 앞으로 내가 집을 비울 때 어떻게 해야 좋을까? 쇼핑몰에서 자동 급수 화분을 판매하긴 하지만 구입하지 않을 생각이다. 그보다는 기간을 길게 잡고 남편을 교육할 계획이다. 식물마다 물주는 법, 잎 정리하는 법 등 그동안 글로만 설명한 내용을 직접 보여주고 해보도록 기회를 주는 것이다. 백문이불여일견 교육법인 셈이다. 그리고 지금으로서는 가능성이 현저히 낮아 보이지만 남편도 자연스럽게 식물과 가까워지고 식물이 주는 마음의 여유를 느끼길 바라는 아내의 큰 그림이랄까.

10
식물에 대해서는 신중해지려고 해

식물과 함께 지낼수록 식물에 대한 나의 생각과 태도가 진지해진 걸 매 순간 느낀다. 화분이든 흙이든 한자리에 뿌리를 내리고 주변 환경에 적응하면서 사는 모습이 대견하다. 그래서 길 가다 보게 되는 식물을 허투루 지나치지 못한다. 길에서 친구를 만나면 속 깊은 대화는 나누지 못해도 가벼운 인사와 안부를 전하는 것처럼 생김새를 유심히 관찰하고 지금처럼 앞으로도 무탈히 잘 자라기를 마음속으로 바란다.

극락조화를 시작으로 박쥐란, 몬스테라 등 집에 식물이 하나둘씩 늘어나면서 잠재되어 있던 물욕이 고개를 든 적이 있었다. 식물은 생명체다. 물건이 아니다. 그렇기 때문에 식물을 구입하는 건 하나의 생명체를 책임진다는 뜻이다. 아무리 갖고 싶어도 식물에게 적합한 생육 환경을 꾸준히 제공하지 못한다면 키울 자격이 없다. 강아지를 좋아한다고, 유기견이 불쌍하다고 자신의 능력은 고려하지 않은 채 강아지를 집에 들이기만 해서 도리어 강아지들의 안전을 위협하는 애니멀 호더 같은 무책임한 사람이 되고 싶지 않다. 하지만 이처럼 굳건한 다짐도 예쁜 식물을 보면 힘 없이 바스러지곤 했다. 고개를 좌우로 재빨리 흔들며 '아니야, 정신 차리자!'라고 혼잣말로 다그치면서도 어느새 내 눈은 식물에 고정되고 발걸음은 식물을 향하고 있다. '내가 왜 이러지?' 하면서도 일단 구경은 한다. 그러고 나서 스스로에게 결정적인 질문을 한다. '안 죽이고 잘 키울 자신 있어? 지금 데리고 있는 애들이나 잘 키우지?' 그러면 사려는 생각이 쏙 들어간다. 물건은 구입하고 나서 쓸 일이 없어지면 창고에 쌓아둘 수 있지만 식물은 곁에 두고 먹여 살려야 한다. 식물을 들인다는 건 하나의 생명체를 책임지는 행동의 시작이며 이후 식물을 기르기 시작하면 나의 부족함을 인정하고 부지런히 공부하고 꾸준히 교감하는 행위까지 포함한다.

새로운 식물을 들이는 게 결코 만만치 않다는 걸 아는데도 불구하고 꼭 데려오고 싶을 때가 있다. 밤에 자려고 눈을 감았는데도 아른거린다든지, 무의식적으로 핸드폰으로 식물 자료를 찾아본다든지, 앉으나 서나 생각이 날 때다. 그럴 땐 사전 조사를 철저히 한다. 전문 자료도 찾고, 인터넷에서 해당 식물을 기르는 사람들의 후기도 꼼꼼하게 읽고 꽃집에 가서도 식물을 기르면서 일어날 수 있는 현실적인 문제들을 물어본다. 식물의 습성을 자세하게 파악하지 못해서 일으킨 실수들을 반복하지 않기 위해 더욱 신경 쓴다. 그 다음, 장·단점을 분석하는 나만의 방법을 동원한다. 이 과정이 한 달이나 소요된 적도 있었다. 몬스테라가 바로 그 주인공이다. 이땐, 수경 재배로 몬스테라를 한차례 죽인 일이 있어서 더더욱 신중을 기했다. 가격도 저렴하고 살아서 움직이는 것도 아닌데 유난 떤다며 "다양하게 키우고 많이 죽여봐야 그 과정에서 요령이 쌓인다."는 조언도 들었다. 이건 식물을 물건 취급하는 것 같다. 그리고 부모가 자식을 낳았는데 자식이 마음에 안 든다며 길거리에 내다버리는 것과 다를 바 없다. 입장 바꿔서 이러한 이유로 부모에게 버림 받았다면 얼마나 참담할까. 정성을 다해 기르다가 죽었다면 어쩔 수 없지만 애초에 죽일 것을 작정하고 구입하는 건 잘못됐다. 지인들에게 식물을 길러서 좋다는 말은 자주 하면서 정작 선물은 하지 않는 것도 비슷한 이유다. 상대방이 평소에 식물을 어떻게 생각하고 얼마나 책임감 있게 기를 수 있을지를 모르기 때문이다. 만약 상대방이 먼저 식물을 추천해달라고 한다면 해주겠지만 상대방 의사도 모른 채 섣불리 식물을 맡길 수는 없다.

이번 주말, 분갈이를 앞두고 있다. 내 키를 훌쩍 넘어 버린 극락조화와 빈틈 없이 무성해진 테이블 야자를 위해서다. 무거운 화분을 들었다 내려놓고, 맨손으로 뿌리의 흙을 살살 털어내고, 손으로 흙을 다지고, 몸체가 기울지 않게 고정하여 심고, 미리 깔아둔 신문지 밖으로 흘러나온 흙을 치우고… 신경 쓰이고 번거로운 일투성이지만 그래도 설렌다. 미리 신문지, 토분, 삽, 화분, 화분 받침을 꺼내 한곳에 모아놨다.

분주히 분갈이 준비를 하다가 다른 식물들과 눈이 마주쳤다.

'우리는 분갈이 안 해줘?'

테라리엄 속 다육 식물들은 여전히 보기 좋게 통통하고 서로 사이좋게 지내고 있다. 몬스테라는 새 잎이 난 지 얼마 되지도 않았는데 벌써 줄기 사이로 또 다른 새 잎이 삐죽 튀어나와 있다. 박쥐란은 콩알만 하던 영양엽이 어느새 500원짜리 동전만큼 커져서 조만간 갈변한 옛 영양엽을 완전히 감쌀 기세다.

> "너희들은 더 크면 분갈이해줄게. 그때까지 쑥쑥 잘 커야 돼! 나도 너희들이 잘 자랄 수 있도록 노력하고 책임질게."